沖縄文学史粗描

近代・現代の作品を追って

仲程昌徳

目次／沖縄文学史粗描 ― 近代・現代の作品を追って

1　沖縄・大正文学史粗描

――新たに見つかった新聞を通して

近代沖縄の文芸動向が鮮明になるのは、一八九九年（明治三十二）ごろからである。そして、一九一八年（大正七）ごろまで、比較的よく知られているが、一九一九年（大正八）以後は空白が目立ってくる。理由は、単純で、現地で刊行されていた新聞が保存されてないことによる。

新聞の所在が不明になると、文芸動向もよく分からなくなっていくことをそれは示しているが、近年、僅かずつだとはいえ、これまで所在の不明だった新聞が収集され、その集成がなされるようになってきた。それによって大正期の文芸活動の空白部分も、少しずつ埋めることができるようになってきている。

現在見ることのできる纏まったものとしては、名護市史編纂室篇になる「宮城真治資料　新聞切り抜き篇」[1]、琉球大学図書館所蔵「琉球新報・沖縄タイムス・沖縄朝日新聞（一九二四）」[2]、そして沖縄県資料編集室篇になる「植物標本より得られた近代沖縄の新聞画像」[3]の三つがある。

「宮城真治資料」は、一九一九年から二二年（大正十一）、二四年（大正十三）、二五年（大正十四）、二六年（大正十五）と飛びとびに、県資料編集室編になる「新聞画像」は、一九二〇年（大正九）ごろから一九二五年までやはり飛びとびに、琉球大学所蔵は、一九二四年だけが飛びとびに集められているというように、ほとんどが不揃いだとはいえ、貴重このうえもないものとなっている。

これら三つの新聞集成から文芸関係記事を抜き出してくることで、これまで空白になっていた箇所の幾分かを埋めることができるようになった。

本稿は、一九一九年から一九二六年までのその粗描である。

○

一九一九年十月二十二日付『沖縄時事新報』には、末吉莫夢の次のような作品が掲載されていた。

新秋夜坐　　末吉莫夢

粛斉独坐眼前秋。山気稍驚冷敝裘。唧々吟蟲如促酒。満身風露夜悠々。

秋日開詩筵
菊花雖不飾庭前。吟客心幽酒興牽。陶令何知吾輩楽。松涛瑟々入詩筵。

末吉の漢詩が出た大正八年には小谷野□（筑？）峰の七言律詩「偶成」及び七言絶句「源為朝」の二編が見られる。小谷野についてはよく分からない。

末吉莫夢の漢詩は、「新秋夜坐」の他に、一九二一年六月十三日付『沖縄タイムス』に「端午即題」、一九二四年の年月は不明だがやはり『沖縄タイムス』に「港川貧遊行」が見られる。

沖縄近代文学史は、漢詩について、殆ど触れることなく、通り過ぎてきたといっていい。明治期にはいくつもの結社があって、漢詩壇も随分賑わっていた。そして、末吉が「端午即題」で、名前を出していた真境名笑古等が、[4] 一九一七年（大正六）まで活動していたことも分かっているだけでなく、その後も、僅かながら末吉らによって漢詩が詠まれていたのである。大正期の文芸界においても、漢詩は、一つの位置を占めていたのである。

末吉莫夢は、末吉安恭の筆名の一つ。末吉は、明治期の文芸界では俳人麦門冬、歌人落紅として知られた人である。大正期になると文化史に通暁したジャーナリストとして健筆を振るった。

末吉安恭が新聞に発表した俳句、短歌、漢詩以外の文章を、一括して「歴史、文化論考」としておくと、その分野においても彼は、第一人者であったといえるし、その健筆ぶりには、驚くべきものがあった。

末吉は、「新秋夜坐」を発表した翌月の一九一九年九月から十一月にかけて、「玻名城政順」の「人物性行」「其の歌歴」「其の歌風」等について六回にわたって連載、引き続き「渡久山政規」、「南山俗語考を見て」「首里の製紙業」「琉球と朝鮮の交通」の連載、「朝鮮人の観たる琉球」、「大里遊記」、「大里城時代の琉球」を七回にわたって連載、「巴志の三山征服」の発表といったように、歌人、言語、産業、海外との交流、琉球の歴史に関する論考を相次いで発表、一九二二年になると「鶏声犬語」「陽春雑筆」「雨糸風片」、一九二三年には「雨すだれ」「老榕の髯」「安楽椅子」と題した欄で、大隈重信や山県有朋といった明治の重臣たちについて触れたり、倭寇について論じたり、儒教、道教を論じて程順則、蔡温に筆をのばしたり、日章旗について論じたり、井伊大老を刺殺した下手人の話から国民性の問題に及んだり、俳諧にあらわれた人妻へのあらぬ恋をとりあげたり、寄宿舎問題から青年たちの思想問題に転じたり、おもろに歌われた英雄たちを紹介したりと、紙面に登場しない日はないといった健筆ぶりであった。

一九二四年もひき続き「サボテン」「百日紅」「桑の落葉」といった欄で、沖縄の「姓名」について、「仏蘭西と琉球」の関係について、さらには「組踊」についての考察を精力的に発表している。末吉の「歴史、文化論考」の全容を知るには紙面の欠損が多すぎるが、その題材の豊富さ、その洞察力の異色さは、収集された断片からでも十分に窺われる。

末吉は、「歴史、文化論考」を書き継いでいくかたわら、一九二三年十月三十一日には、次のような短歌九首も発表していた。

中頭追吟

末吉落紅

「孝行の巻」の舞台にわれ立ちて漏池をはかる糸車かな
同行の二中の生徒□池の辺に若衆のごとたゝずみしかな
波のよ□津堅の島にいむかいて泡瀬の医師と旅かたりせし
珊瑚礁、こは海底の園なれや小鳥のごとき魚のむれ見つ
心中の女も生きて三味弾け□□のはたご忘れかねつも
たくましき女のむれの夕沼に芋洗ひつゝ旅の人見る
赤人の家にやどりて生鰹□朝にたうべ夕べにたうべし
赤人の幾代の孫□痩翁□沖□鴎のごとき□姿
伊波の按司が倭寇を打つて退けし六角棒をふりたてゝ見き

明治期の俳壇、歌壇を領導して来た一人であった末吉は、大正期になると、その才能を歴史や

文化の考察に傾けていったようにみえるが、漢詩や短歌の創作を忘れていたわけではないのである。「中頭追吟」九首は、歌題にもなっているように、読谷や離島津堅での見聞を詠んだものであった。沖縄の歌人が、沖縄の文化や習俗を積極的に取り上げて歌うようになっていたことがわかる九首である。

末吉が、一九一九年に発表した漢詩から、彼のあと一つの活動分野であった歴史や文化を論じたその才筆の多彩さに目がいったことで、一九二四年まで筆が伸びたが、再度漢詩に戻れば、莫夢のそれは、明治期の文芸活動の延長を示す大切な指標となっていた。

明治の文芸界とのつながりを示すものとしては、あと一つ和歌の詠歌集の掲載があった。一九一九年九月八日に掲載された、和歌の結社「同風会」の「八月兼題」作品がそうである。明治期の沖縄で最初の和歌の結社として登場した同風社の活動が、まだ続いていたのである。

新聞は、明治期に活動をはじめた結社の作品の掲載も厭わなかったようだが、新しい動きを求めてもいた。そのことをよく語っているのが、『沖縄時事新報』の社告「思潮と評論」である。一九一九年の月日は不明だが、「汽船発着広告」から、十一月二十五日に掲載されたのではないかと推測される。

＝内外思潮の紹介に
＝本社の新しい計画

本社は内外の新思潮を広く県民に紹介する意味に於て中央に於ける知名の士の意見を徴し時事一篇本紙に掲載せんとす　其の内容は政治、経済、文学、哲学、宗教等其他各方面より網羅し一局部に偏せず全般の思潮に亘り坐ながらに諸名士と交膝対談其の卓論名説を聴取するの感あらしむべし。而して之を集むれば一部の思潮変遷史ともなるべく随時散見しても内外諸問題の解決に資する津梁たらしむべし。これは本社の新しき試みとして聊か誇るに足るべきを信ず　其の材料蒐集は中央に於ける有力なる通信社に依頼したるを以て材料の精選されたることは堅くこれを保障す

新聞は、そのように「政治、経済、文学、哲学、宗教等其他各方面」にわたる「新思潮」の紹介に意欲を示しているが、その実態は、新聞が欠落しているために、よく分かっていない。

比嘉春潮は、「思潮と評論」が掲載される一年前の一九一八年（大正七）、松山小学校校長を止め、沖縄毎日新聞社に入社、半年ほどして沖縄朝日新聞社に移っているが、記者時代に刻印された「ロシア革命から受けた新鮮な印象」や、鈴木文治、賀川豊彦らを中心とした一派が発行した『労働新聞』、大杉栄らが出しては発禁となった『平民新聞』『近代思想』『文明批評』、荒畑寒村、山川均、近藤憲二らが出した『青服』等が、「直ぐに沖縄にも渡ってきた」ばかりでなく、「こういった中央

の思想は沖縄にもそれぞれ信奉者のグループを生み出した」といったことを書いていた。[5]

「思潮と評論」の広告は、変動する社会情勢にうながされるようにして出て来たものであったに違いない。一九一九年八月二十六日、『沖縄朝日新聞』に掲載された上里生の「詩壇雑話」は、新しい兆候が、文芸面でも現れはじめていたことを示すものであった。

上里生はそこで、ドイツで開戦以来発表された「抒情詩」の数が膨大な数にのぼることに触れ、それが国民一般の「文化の程度」をよく示すものであるといい、翻って我が国ではとして、それが「物の埒外に置かれてゐる」こと、「韻律に対する愛、及び想像性を展開せしめる様な言葉に対する尊重は、この国の民に欠けてゐるのであらうか」と嘆き、「嗜みのある人なら小説を論ずるよりも詩を論ずる方が遥かに趣味が深いのだ」と結んでいた。

上里生は上里春生。上里の登場はそのあと一九二三年五月十四日付『沖縄タイムス』に「詩話」と題したエッセー、同じく同紙一九二六年一月十五日に「葛原幽氏の近作童話を読む」が見られるだけだが、当時の新聞が見つかれば、大正中期から活躍した詩人であったことがわかるに違いない。

○

一九二〇年（大正九）になると、真佐雄の「或る恋歌　一幕二場」が、『沖縄時事新報』（二月十九日）に掲載される。七月二十日には白浪庵の「龍舟　一幕二場」など、琉球歴史に材をとった戯曲の掲載をしている。そして大正十年二月二日には『沖縄朝日新聞』に、山城正忠の戯曲「民衆講談英傑アマワリ」が発表されていて、大正九年頃から、琉球歴史に材をとった戯曲が一種の流行になっていたように見える。そして、そこには末吉莫夢の歴史論考が、微妙に影を落としていたように考えられる。

真佐雄は上間正雄、明治末期『創作』に詩や短歌を発表、末吉落紅に「郭専属の歌人」と評された人で、北原白秋、吉井勇らの影響を濃く受けた歌人である。明治末には「戯曲　ペルリの船」、一九一七年（大正六）には、戯曲「時花唄」を発表し話題を呼んだ。[6] 上間についても、新聞が出てくれば、さらに多くの作品を発表していたことがわかるに違いない。

一九二〇年九月十二日には「琉球歌壇」に「悲しき歌稿（一）」として北村白楊の短歌六首が掲載されている。

歌は次のようなものである。

肺尖を病みて帰りし子の前に母よ何をば憂ひ給へる

近眼にて眼鏡をかけし事にさへ不具児の如母は嘆くも

浪のひびきしるく高まり病み心思ひ切なる島の夕ぐれ
泣かましき心おさへて独り居ぬ父母に悩みの涙見らゆな
我れ死なば後に残れる父母の嘆き思ほゆ病みの心に
病みし子の側にありてひとすぢに父は網をばつくろひゐるも

両親に心配を掛けまいとする病者の心情が素直に表白された歌群である。

北村の名前が見られる記述には「一九二〇年（大正九）四月ごろから、名護に北村白楊、宮木美重三、島袋九峰（源七）らが同人誌『街路樹』をだすころ、那覇にはなにもない、という一時期もあった」というのがある。大城立裕の記述になるものである。[7] 大城は、その情報をどこから得たのか明記してないが、浦崎康華の『逆流の中で　近代沖縄社会運動史』を見ると、「稲福千代治を中心として北村白楊、宮城美重三、赤司しげし、浦崎夢二郎（康華）の五人が恩納部落の田場旅館で、一九一七年（大正六年）三月に集まり詩歌や鈴木三重吉が発行して好評を博していた児童雑誌『赤い鳥』の批評などをしたのち、五人で同人雑誌『街路樹』の発刊を決議した」と書いていた。浦崎はまた『街路樹』について「詩歌、随筆で埋めることにし、原稿と分担金は稲福のところに送り、編集とガリ版刷り三十ページほどの綴込みまで稲福がしたが、三、四号で廃刊した。しかし当時は琉球新報、沖縄朝日の両紙に詩歌、随筆を発表するほかに同人雑誌や回覧雑誌など、那覇、首里で相当発行され詩歌の盛んな時代であった。そして『街路樹』は北村白楊が大宜味小学校へ、宮城美重三が喜如嘉小学校へ、赤司しげしが恩納小学校から遠く朝鮮慶尚南道普州城外の小学校へ相前後して転任したために廃刊の止むなきに至った」と続けていた。

浦崎はそのあとで「喜如嘉の平良真順医師の娘ひさ子が『街路樹』を愛読していたという話を『山原の火』の著者山城善光から聞かされたが、『街路樹』の内容は現在全然覚えていない」ということだったと付け加えていた。

「喜如嘉の平良真順医師の娘ひさ子が『街路樹』を愛読していたという」記述は、女性読者の登場といった問題を投げかけていた。沖縄では、一体いつ頃から女性の読者、とりわけ文芸雑誌などの読者が登場してくるのだろうか。

伊波冬子は、「読書について」[8]で「私の学生の頃の社会情勢は、女の読書が一般的なものではなかったので、教科書以外の本を読む人が極少なく、読書の習慣がついてなかった」といい「五十年前までは、女の子が人前で読書をしていると生意気に見られた」と回想していた。「読書について」が書かれたのは一九六〇年の八月。それから逆算すると、一九一〇年、明治の末頃まで、女性が「読書」をするのは珍しいことであったようだが、大正にはいると、沖縄県立高等女学校の在学生たちは、教師から「藤村や啄木、漱石、樗牛、モーパッサンという名前」を聞き、「読むことのいかに楽しいかを知った」ばかりか、その教師に「文学少女で通っていた忍冬女史や玉城おと、松田かめたちは熱い血潮をいやがうえにも燃やしていた」という。[9] 忍冬女史・冬子らと同様に「喜如嘉の平良真順医師の娘ひさ子」もまた「文学少女」で、『街路樹』を手にとったのであろう。

白楊らが属した『街路樹』についてもう少し触れておくと、その発刊が、一九一七年には決議され、三、四号で廃刊したという浦崎の言と、大城の「一九二〇年(大正九年)四月ごろから」というのとでは、少し違いがみられる。また大城は「同人誌『街路樹』をだすころ、那覇にはなにもない、という一時期もあった」と書いているが、浦崎は「当時は琉球新報、沖縄朝日の両紙に詩歌、随筆を発表するほかに同人雑誌や回覧雑誌など、那覇、首里で相当発行され詩歌の盛んな時代であった」と書いていて、やはり違いが見られる。欠落している大正期の新聞の発掘が進めば、雑誌の刊行年月日など簡単にわかることだろうが、今のところ、異なる意見があるということで止めておくしかない。

○

一九二一年には、次のような詩の掲載が見られた。

円覚寺の春は寂しい

漂雁

円覚禅寺の春の
くれがたよ！

円覚禅寺の春は寂しい
日はなゝめに傾き雑木の
すきまから漏れる

梵鐘は青錆にさびて
正方形の赤い敷瓦は
青き苔に埋まれたり

何百年の過去の思ひ出は
静かに吾が胸によみかへりぬ

獅子窟殿堂の祭壇の添られたる唐金の
香炉からは線香のけむり

たえまなく紫にゆれあがる

悲しい心を抱いて
拝殿に跪き
祈祷する乙女よ！

おゝ！
円覚禅寺のくれ逝く
春は寂しい

一九二一年五月六日付『琉球新報』に、掲載された漂雁の一編である。

漂雁は、古波鮫漂雁。一九一六年五月六日付『琉球新報』の「読者倶楽部」欄に、「長詩『乞食』」を発表していた。その特異な題材は、注目に値するものであった。

大城立裕は「文芸の人たち」で、一九一六年（大正五）ごろ、「詩では古波鮫漂雁がおり」と書いていた。漂雁は、確かに一九一六年に「長詩『乞食』」という詩を読者の投稿欄である「読者倶楽部」に発表していた。「読者倶楽部」欄に一篇の詩を発表しただけで「詩では古波鮫漂雁がおり」

とはいえないはずで、大城は新聞以外の資料を見ていたと考えられるが、一九二二年に発表された「円覚寺の春は寂しい」の一編からしても、漂雁が他に抜きんでていたことは分かる。

大城は、また「大正中期に、古波鮫漂雁・世禮國男が活躍した」とも書いていた。世禮國男は、一九二二年、川路柳虹、平戸廉吉が序文を寄せた『詩集　阿旦のかげ』を発刊。大正期の詩壇を代表する詩人として知られた。世禮とともに活躍した、というには、漂雁の作品は、あまりにも少ない。

今のところ「円覚寺の春は寂しい」以外の詩を見つけることはできないが、一九二四年には戯曲「妻の再婚を願ふ男　一幕二場」を発表していて、詩以外の分野にも挑戦していたことがわかる。

大正末から精力的に小説を発表するようになる新垣美登子は「はじめて小説をお書きになったころの文学仲間といいますと、どういった方たちですか」と問われ、まっさきに「古波鮫漂雁」を上げていた。[10] 新垣の言葉からも、漂雁が大層良く知られていたことがわかるだけに、彼の作品の発掘がまたれる

○

一九二二年は、先に触れた世禮国男の『詩集　阿旦のかげ』が二月に刊行され、十月には池宮城積宝の小説「奥間巡査」が『解放』の懸賞小説に入選するといったように、大きな話題を呼んだ

と思われる詩集と小説の出た年であった。

新垣美登子は、『哀愁の旅』で、「『奥間巡査』のことで、『琉球新報』に池宮城寂泡の履歴が、写真とともに、でかでかとのっている」と書いていたが、残念なことに、一九二二年の新聞は、「宮城真治資料」だけで、そこに残されているのは、末吉の記事が中心で、世禮や池宮城に関する記事は見られない。

一九二二年は、収集された新聞がごくわずかなために、大正文学史の事件であったといえる詩集の刊行、懸賞小説入選作品に関する記事を見ることができない。また、他にどのような文芸作品が現れていたかについてもその多くを知ることができない。

○

一九二三年には、池宮城積宝の短歌が『沖縄タイムス』(十月三十一日)に掲載されている。

郡にありし頃

池宮城積宝

中頭□□校街□□□し頃□よむ□□□生命□□□き

かの頃は座喜味城下にたゞひとり酒など酌みて世を悲しみき
長浜の白き沙をさく〳〵と踏み行きけれ□心なごみき
岬には風吹き渡り百舌鳥鳴きて夕さびしき海の声きゝし
泡瀬の海青くたゆたひ半島の山あきらけく見えにける昼
日曜日は漏池あたりの松林にさまよふことを習ひとしけり
天才のきこえありしと云ふ教師泡盛飲みて遽かに死にける
比謝川へいなを釣るとて通ひしはわが生活の閑多き頃
酒飲めば身の薄幸を嘆き居し検定上りの老教師かな
比謝橋の昔のなげきおもはるれ今はたわれも恵みうすけれ
ガタ〳〵の古き馬車にもなつかしき思ひ出はありかの比謝川に
そのかみにエービーシーを教□□る生徒はやがて弁護士□□（以下不明）

池宮城積宝は広津和郎の「さまよへる琉球人」に登場してくるモデルの一人で、金城朝永は彼について「モーパッサンの訳書を持逃げしたO青年は自他共に放浪詩人の名で呼び慣わしていた池宮城積宝で、作詩のかたわら観相家業をもかね、近年まで各地を放浪していた。同氏は語学にも秀で県立二中の教職を退いて上京後、一時英米探偵小説の下翻訳などに従いながら中央文壇への進出を志し、当時『改造』とならび称せられていた総合誌の『解放』の懸賞に応募して「奥間巡査」という短編が当選した」といい、当選作の紹介をしたあとで「氏はまた短歌をよくし、その詩と共に斯界に出しても十分レベル以上に達していると評価する人もあり、今でもその才能は惜しまれている」と述べていた。[11]

積宝の才能については、宮城聡も「当時の沖縄は、僻地中の僻地で、沖縄に取材した小説など、還みられない、無視された地位にあった。不世出の天才でないかぎり、沖縄で、文学することは考えられなかった。その意味からして、池宮城積宝さんは才文に恵まれていたと思う」と書いていた。[12] 積宝が「才文に恵まれていた」のは間違いないし、「短歌をよくし、その詩と共に斯界に出しても十分レベル以上に達していると評価」されたというのもうなずける。

積宝の詩には次のようなのがあった。

子守唄

小さき友伸の為めに歌へる

池宮城積宝

ねんねんよう、おころりよう
坊やはよい子だ、ねんねしな

お山の梯梧は何時咲いた
真赤な梯梧は今朝咲いた

お山の梯梧をとつて来て
真赤なお衣裳を作りましよ

坊やはよい子だ、ねんねしな
ねんねんよう、おころりよう

黒いお船は何時ついた
大きな船は今朝着いた

黒いお船は何積んだ
坊やのおもちやを積んで来た

ねんねんよう、おころりよう
坊やはよい子だ、ねんねしな

一九二四年四月三十日「朝日詩壇」に発表されたものである。

積宝と新垣美登子との間に長男伸が生まれたのは一九二二年。美登子にはすでに積宝を夫だと思う気持ちは失せていたが、美登子の父親には、「子供の名前は父親に考えさせなければならない」という信念があって、美登子がやむなく「男の子安産、名前をしらせよ　みと子」と電報を打つと、翌日積宝から「伸という名はとこしへに清くあれ　おろかなる父に似ることあらすな」という歌を書いた電報が返って来たという。[13]

自分の息子を「小さき友」としている所にごく〳〵普通の父親にはなれない積宝の思いを見て取ることが出来る。「郡にありし頃」十二首は、座喜味、長浜、泡瀬、漏池・比謝川といった中頭一帯を詠んだものだが、家にいつかず各地を歩きまわった積宝の一面を語る大切な作品群となっている。

「奥間巡査」入選後、池宮城は、そのように短歌や詩を発表しているが、もちろん、小説も書いていた。断片ながら『沖縄タイムス』一九二三年十月には「中間小説　燃える市街」の連載がみられるし、『沖縄朝日新聞』一九二五年六月には「創作　恋愛以前」の連載も見られる。

短歌や詩を発表するとともに「中間小説　燃える市街」、そして「創作　恋愛以前」の連載と、積宝の創作意欲はいささかも衰えてなかったのである。

○

一九一九年、二〇年、二一年、二二年、二三年は、新聞の欠落が多いだけでなく、収集されていても、学芸欄の紙面が欠けているといったこともあり、少ない情報しか得られない。とはいえ、これまで見て来たように一九年、二〇年、二一年から分かったことがなかったわけではない。二二年、二三年の紙面からは

朝日歌壇（一九二二年五月六日付『沖縄朝日新聞』）

闇の浜に　　新里　黒潮

呪ろわれし若き男の悲しさよ闇の夜浜に独り泣きたり
夜光虫渚に光れり小夜更けの浜□語らう悪魔の恋
黒潮よ人魚乙女の忍び声を静かに流せ孤島の磯に
夜の浜に波と戯る幻影の乙女を恋ひて今宵また来し

タイムス歌壇（一九二二年十月十五日付『沖縄タイムス』）

秋空　　永吉生

やうやくに雨は晴れたれこの朝げうらゝ秋日の照ればうれしも
うらゝ日に大青空はのんびりと晴れて風なく秋めきしかな
風立ちて秋の日と亦なりにけり土にさす陽のほのぬくみかも
いきどほろしき心なりせば吾妹子のそのさびしさもひやゝかに見つ
庭見れば苦しきけふの深曇り雨も降らぬかあじさひの花
培ひし向日葵草の枯れ行きし頃よりわれは心すさみぬ
誰れになく恋する性を持てるてふこの小娘の指は細きかな（以下三首小娘へ）
うるわしきさ乙女なればいさゝかの葡萄の酒を強ひにけるかな
小娘は酔ひにけらじな葡萄酒のよひはうれしくなまめかしけれ
この三月夜毎夜毎に酔ひよへる友が今宵も酒欲りすらむ（以下四首秋《ママ》流へ）
酒のめば衣ぬぎすてゝいち早く踊る友をば酔はせざらめや
酔ひよへば眼じみらに歌うたふこの枕流を酔はせざらめや
花の咲く春さり来れば呑みわかれ、この酒飲みの友とわかれんタイムス詩壇（一九二三年一月九日付『沖縄タイムス』）

太陽と彼等　ざまみ寒風

世の中には
太陽の外には
なんにも知らぬ人が多い。
鍬を握れば太陽は
魚の鱗□光り
トロコを押せば太陽は
レールの上にうつる。
彼等はそこでいぢめられ
彼等はそこでしいたげられ
彼等はそこでさげすまれるが
太陽の外は
なんにも知らぬのだ。

（故大城六昌氏の霊に捧ぐ）

タイムス俳壇（一九二三年一月九日付『沖縄タイムス』）

私の近頃　　亜鳥

時君洞兄に

人のゆさきに淋しくも鏡かけ置けり
遠き家の壁白く風に光りをり
とも□淋しく寝し母の頬骨に寒さ増して
猫の鳴き声まねる児に其猫たまり
夜なべの妻が傾むけし耳に子は静か
父の膝を離れまいとする児を無理にして
燃えさかる火をいつまでも去らぬ迎ひ合ふ児ら

といったように積宝の詩が掲載された「朝日詩壇」をはじめ「朝日歌壇」「タイムス歌壇」「タイムス詩壇」「タイムス俳壇」などが健在であったことがわかる。

ざまみ寒風の「太陽と彼等」は、いわゆるプロレタリアート詩とでもいっていいものである。比嘉春潮は『沖縄の歳月　自伝的回想から』のなかで、「(大正)十年、十一年はアナ・ボル論争の最高潮の時期、そしてアナーキスト全盛の時代となる」といい、「城田兄弟、宮城不泣ら、沖縄のアナーキストも大杉、近藤憲二らの雑誌『労働運動』や『労働者』に依拠してサンジカリズムを支持、主張し、われわれの研究会は堺、山川の雑誌『社会主義研究』、河上肇の個人雑誌『社会問題研究』をテキストにして、マルクス主義の研究に傾いた」と回想している。ざまみ寒風の詩は、A＝アナーキスト・グループとB＝ボルシェビキ・グループとに別れて「それぞれに社会主義について、異なった見解を持っていたが、中央のように対立抗争するほどではなくて、なにかというとアナもボルも一緒になって会合したり、講演会に出たりしていた」といわれるような沖縄の思想界の動向をうけて書かれたものであったに違いない。

翌一九二四年四月十九日付『沖縄タイムス』は、宮城無々の「知識階級としての芸術家の社会的立場に就て」を掲載していた。宮城のそれは、「下」しか収集されていないが「アナ・ボル」時代の情況を反映したものであった。

ざまみのいわゆる無産者をうたった詩が『沖縄タイムス』に掲載されたのは一九二三年一月九日で、五月十四日には上里春生の「詩話」が現れる。上里はそこでシエリー、ブルンテイエール、ポー、ハヅリット、コールリッジなどの言葉を紹介したあとで、詩が「他の文学よりも純粋な文学」であるといったことを説いていた。

○

一九二四年は、一九年から二三年までと比べ比較的多くの紙面が収集されていた。それだけに情報量も多くなり、様々な動きが伝わってくるが、その中で、文芸界も大きく動き出していく様子が見られる。

三月二十一日には末吉麦門冬の「序に代へて」、二十三日には伊波普猷の「琉球文芸叢書に序す」という文章が『沖縄タイムス』に掲載される。

麦門冬は、そこで「池宮城君!」とよびかけ「君の郷土文学叢書発行の企だては誰も考へてゐて実行の機会を得なかつたもので、至極賛成です。文学普及の為め其の効果頗る大なるものがあらうと思ひます。どうぞ根気よく続けて下さい」と前置きし、

扨てこれに序を書いて呉れとのお頼みですが、何を書いてよいものでしやう。

此間御話したやうなものを書きませうか。私達の要求する所の郷土文学は一体どうあらねばならぬのかと云ふことは、私も考へないではありませんでした。一と口に云ふとそれは私達この郷土に生れたのでなければ感じ得ない、把握し得ない、創造し得ない表現し得ない内容でなければならぬと思ひます。本当の沖縄と本当の沖縄人が出て来なくてはなりません。而してこれを得る

には、殊更に私達が郷土の色を深めやう濃くしやうなどと意識的に努力しては駄目です。さうすると却つて他国若くは他県の者が、私達及び私達の環境を描いたものにあるやうな、□種の誇張され、歪曲されたものに似通つたものになります。それ□は私達の持たうと望んでゐる或物□如実にあらはれません。似ても似つかぬものとなつてしまう恐れがあります。殊更に他人に見せるやうなものであつてはならぬ□吹聴や宣伝では否ません。みせびらかしではない。私達自身がそれと面して恐れたり、厭気がさしたり、憤つたり、不満を感じたり軽蔑したり憐憫したりする中に、又私達がどうしてもそれから離れることの出来ない、いはゞ運命づけられた、吐息をつかさるゝやうな内容がもられてなければならぬのです。それに反しては到底嘘にしかなりません。それを私達□狙ふ□しかも殊更めかしく狙つてるぞ□意識したり、努力したりせずに到達するのです。自然に搾り出された私達自身の苦汁をそこから酌むのです。誰も自分の姿に余り感心しない、鏡に向つて多くの人々は不満を抱きます。憤ほろしくなります。美しいと己惚れることはありません。私達が創造しやうとする郷土文学もその厭やな思ひのする鏡裏の映像ではありませんか。けれどもこの厭であつても、自分達の姿には、私達はどうしても逃げもかくれも出来ぬものがあります。

ツルゲネーフでしたか、彼は□□□露西亜嫌ひであつた。彼は自分の嫌ひな露西亜から逃れて大陸へ行つたものです。けれども彼の文学は遂に露西亜に帰つてきました。そこから逃げもかくれも出来ぬ運命でした。彼はその作中に（何でしたか忘れたが）他国で自分の郷里の者にあつた□の醜汚な盛（かしけ）を書きわざ〲その者から逃れる為めに道をよけたと云ふことを云つたが、私達も他郷に行つてよくその感じをさせられます。けれどもそれは私達がその醜汚を感ぜしめるものと、（以下、破損により、二十四行？読解困難）

と続けていた。破損個所で池宮城の「奥間巡査」について触れていることがわかるが、末吉は、池宮城が企画した「郷土文学叢書発行」に賛成の意を表すとともに、「私達の要求する所の郷土文学は一体どうあらねばならぬのか」と自問し、「私達この郷土に生れたのでなければ感じ得ない、把握し得ない、創造し得ない表現し得ない内容」を盛る必要と、そのための方法に関する持論を展開していた。

伊波普猷もまた「寂泡君！」と呼びかけ、

小民族のクセに特種の歴史や言語を有つてゐるといふことは、現代では少くともその不幸の一でなければならぬ。これだけでも彼等は奴隷にされるべき十分な資格を備へてゐるといへる。私はかつて日琉同祖論を唱へて、学者や教育家の了解を得ることが出来たが、政治家や実業家の同情を得ることは出来なかった。君たちは沖縄青年が後者の仲間入りをしようとして、この四十年間にどれほど苦い経験を嘗めたかを知つてゐるだらう。また彼等の或者が学者の仲間入りをした、学会に多少の貢献をしたことも知つてゐるだらう。

——彼は畢竟門番や別荘守になるべく運命づけられてゐる。これを見せつけられた君たち利口な青年は、たう〳〵芸術の方面に走つていつた。そこでは個性といふ資本さへあつたら、金主や同情者がなくても、大した差支がないからだ。けれども君たちはこの個性を表現すべき自分自身の言語を有つてゐない。君たちが有つてゐるのは、それは借り物だ。この借り物を自由に使用し得るまでに□君たちの年齢と精力とは大方浪費されて了ふ。だから沖縄人にとつては、小説家になるのは、アイヤランド人の小説家になるのと同じ位に、困難であらう。彼等はこの言語といふ七島灘を越えた暁に、はじめてショウやイエーツやシングのやうな鬼才を中央の文壇に送り出すことが出来やう。

寂泡君！

さうはいつたものゝ、沖縄人もやはり模倣性の強い人民だから、この外部的の困難には、遠からず打勝つことが出来やう。が、今一つ内部的の困難が根強くこびりついてゐることを知らなければならぬ。君も知つてゐる通り、沖縄人は理性や感情や直覚力がよく発達してゐるわりに、意志の力が非常に弱い。そして境遇や性格の上から政治や実業にたづさはるよりも、文芸や思想の方面に向ふ者が多いが、意志が弱くて、移り気があるせいか、成功した人は至つて少ない。さういふ方面にはたしかに適してゐるに相違ないが、折角有つてゐるものを推出す力に乏しい。この推出す力はとりもなほさず意志だ。琉球入後殆ど三百年間、この大事な意志を動かす自由を與へられなかつた為に、沖縄人はたう〳〵ヒステリックになつて了つたのだらう。今や私たちはこの特種な歴史によつておしつぶされてゐる。私はグルモンと共にかう叫びたい。

「――歴史を全然廃してしまふ□いいのだ。即ち各時代に於て過去の不用な証跡を悉く消してしまうことにするのだ…。――それは面白い。今や吾々は歴史によつておしつぶされてゐるのだからね。」

寂泡君。

私は「琉球文芸叢書」の首途を祝福する前にこれだけのことを書いた。私は君のアルバイトが私たちをおしつぶしてゐる重荷をはねのける一つの槓杆であることを希望する。

大正十三年三月十九日、
郷土史料室にて
と書いていた。

伊波は、言葉から気質へ、気質からさらに歴史へと論を進め、池宮城の「アルバイト」が、沖縄人の「重荷をはねのける、一つの槓桿」になって欲しいと、池宮城を鼓舞していた。伊波が、そこで強調したのは、「意志」であった。それは「文芸や思想の方面に向ふ者が多いが、意志が弱くて、移り気があるせいか、成功した人は至つて少ない」と、伊波が思っていたからであり、池宮城の「移り気」を、伊波が危惧していたことのあらわれでもあったであろう。

末吉麦門冬、伊波普猷の序をもらった「琉球文芸叢書」が、その後どうなったのかよく分からない。池宮城が、よく知られているように放浪の人生を送っていたことからすると、とても成功したようには思えない。

一九二四年にはそのように「琉球文芸叢書」の刊行という企画が登場。その結末は、明らかではないが、企画そのものは、画期的だったといえた。

○

一九二四年には、あと一つ注目すべき出来事があった。一九二四年四月十日付『沖縄タイムス』は、「若き琉球を標榜する　「歌人連盟」生る　南島文壇の新機運動いて各派を統一せん」の見出しで、次のように伝えていた。

　他と比較して珍しい程に発達してゐる県民の文芸の面は中央の文芸隆盛に連れて数年来著しく

発展の度を高めた　絵画に於ける丹青協会□□葉会、演劇に於ける劇□□音楽に於ける琉球音楽会等何れも本県文芸の改造革新に努めてゐるが独り残念な事には純文学の方面は纏まつた組織がないために目立つた仕事をなしてゐない、殊に詩歌は最も盛んになり一般的になつて詩歌人は多数輩出してゐるけれども各々小さい派を形成して謄写版刷りの小冊子に跼蹐して若干（いくら）の進展も見せてゐない　然し常然（によぜん）統さるべき現状の詩歌界の気運に乗じて若き琉球を標榜する詩人上里春生、伊波普哲、国吉灰雨、山口三路諸氏と女性の方では真栄田忍冬、名嘉原文鳥、水野蓮子、我謝ミチ子、諸女史等が団結して歌人連盟の名の下に県下数十人歌人の統一を計る詩歌雑誌を発行する計画中であるが同連盟は老若各派何れを不問広く連盟内に包含する由であるが既に斯界の先輩末吉落紅、上間草秋、山城正忠、漢那浪笛、名嘉元浪村、北村白楊、稲福千代次、諸氏の連盟に加はるゝ事になつた　左に歌人連盟の趣意書を記す。

として「連盟則」および「連盟の本領」を掲げていた。（「連盟の本領」は新聞が半面しかないため、欠如）記事はそのように「歌人連盟」が「詩歌雑誌を発行する計画中である」と報じていた。記事に見られる名前をみれば、作品を集めるのに苦労することなど何一つなかったと思われるが、これも雑誌が出たかどうかは不明である。

「琉球歌人連盟」については、山之口貘の回想があった。[14] 貘はそこで「そのころ、短歌もつくっていた。国吉真哲、新島政之助、桃原思石、上里春生、伊波文雄らとつき合った。ぼくらは「琉球歌人連盟」を起し、泊高橋の近く、かた原よりのある二階屋に「琉球歌人連盟」という大きな看板をかかげた。その看板の字はぼくが書いたのである。ぼくたちは毎日のように真哲の家に集まり、啄木調の短歌を朗詠したり、酒をのんだり、時には辻の色町に足を運んだり、そんなことばかりして暮したのである。外に中山刑がいたが、かれは琉球歌人連盟の資金をつくるために、その事務所の階下で、洗濯屋を開業したのである。しかし資金どころか、業としても成り立たなくなった。琉球歌人連盟と共に洗濯屋もいつのまにか消滅してしまったのである」と書いていた。貘の回想からすると、雑誌を刊行するまでにはいたらなかったのではないかと思われる。

雑誌の刊行はともかく、名だたる詩歌人を集めて「歌人連盟」を発足させたということは、一大事件であったといえるだろう。

『沖縄朝日新聞』の「骸骨塔」欄は、「歌人連盟」発足の記事を受けて、四月十三日には、さっそく「万物『性』の働く時は春なれや。琉球詩歌人活動開始の報あり曰く『歌人連盟成る』と」と寸言し、四月十七日には「琉球歌人連盟と云ふものが出来て女流歌人真栄田女子が朗かな声で宣言書を読み上げた『琉球の歌人団結せよ』とは云てなかつたらしい□時節柄全く朗かな声だ」と書いていた。「骸骨塔」欄の記事は皮肉たっぷりで、「女流歌人」たちの登場を揶揄していたばかりでなく、詩歌人の大同団結は、それほど簡単なものではないと考えていた節がある。

一九二四年に発刊された新聞で収集された文芸関係記事には「歌人連盟」に名を連ねていた上里春生、伊波普哲、国吉灰雨、山口三路をはじめ末吉落紅、上間草秋、山城正忠、漢那浪笛、名嘉元浪村、北村白楊、稲福千代次の作品は見られないが、六月二十八日「朝日歌壇」には、池宮城美登子の「別離」十五首が掲載されていた。

ゆかばゆけ居れば居れてふ気も軽く夫と別れぬ桟橋にては
悲しみは胸の底より起り来る夫と別れてかへりしときに
夫をいたみ寝ねがたきかなこゝに在りし時には死をも願ひしわれの
友よわが夫をいたはり慰めよ心いたみて旅へゆくなれば
思ひ立ちて旅にゆくてふ一言におどろき□せ□見送りしわれ
せめて今宵君と語らばしみぐ\と心慰めて別れしものを
如何にく\寂しかるらん吾子も今父をしたひてひた泣くものを
その胸に酒虫巣くひてあるならん狂人のごとき夫のふるまひ
あまりにも心昂ぶり寝ねられずと丑満頃を夫は出てゆく
狂乱の日や近からんはらく\と気づかひて暮し二ケ月となれり
心いやさばとく帰りきせ父を求む吾子を思はゞ早やかへり来よ

許□□よゆかばゆけとておひやる如くに君を送りしわれを
つかれたるたましひを抱きとぼとぼと旅に行く夫の姿は寂し
もし夫の心いえずば吾子もわれも悲しき生命を如何すべけむ
わが運命悲しけれども虚無の世に何を求めんやあきらめに生く

夫・池宮城積宝との間に子をもうけながら、家にいつかない夫との別れをどうしようもないものとしてあきらめようとする悩める心を率直にうたったものであった。新垣美登子は『哀愁の旅』で「この歌は寂泡と三カ月同棲した時の作で、私はその頃、寂泡があまりに、普通の人の行動とかけはなれているので、いつ気がちがうかと心配しながら暮らしていたが、早く彼が放浪の旅に出ることを願っていた。彼は私の愛情を求めもしないし、私もまた彼に何も期待しなかった」と書いていた。

同じく七月十日の「朝日歌壇」には、「垂乳根を売る　山城正忠さまにこの拙き歌稿をささぐ」として、水野蓮子の作品が掲載されている

ま寂しき人な思ひそ我がおもひ君がみ前に言葉とならず
言にいでてそれを云はねはあまりにも胸はりつえて思ひ深かり

垂乳根の母を売るかや恋のためあはれ売るかやあなあなかなし
たへて来しこれの月□のわびしさに我が世終るかまた生くる日も
忘れゐる□とはなきを思出る日□ありやなし我の心は
思ひつめ思ひ切り□か狭庭辺にこゝだと散りしあわれ薔薇の花
いつしかは消ぬべき命人おもふこ□の心に春も暮るかや
◇嘗て「乱潮」に我を笑ひし氏へ
世の人よゆめな笑ひそ人恋ふるこのをみな子をあはれと□思へ
君思ひ君を慕ひて生くる身の女心のとがめありや

水野九首は、恋慕う心のゆれをうたったものであった。

一九二四年は、積宝の企画した「琉球文芸叢書」の刊行予定、「歌人連盟」の創設とその雑誌の刊行予定が発表されたことで注目されてしかるべき年だっただけでなく、沖縄の短歌界を活気づけていく美登子、蓮子といった女性歌人とともに比嘉俊成が登場してきたこと、さらに伊波月城の「海の彼方へ」の連載が見られた。新人たち、とりわけ女性の表現者の登場とともに、かつて時代を牽引し、啓蒙的活動に熱情をそそいだジャーナリスト・月城のその後の歩みを教えてくれる文章が掲載されていた。

伊波月城は、伊波普猷の弟、普成。大正になると主に外国の文献を翻訳紹介しているが、一九二〇年五月にはサー・オリバー・ロッヂの「宗教の本質」、八月には「露国に於ける宗教運動」の連載といったように、宗教関係の本や論考を訳して紹介していた。[15] そして、二四年の「海の彼方へ」の連載となるのだが、そこには、かつての、時代と文学の革新・変革を論じた熱情的な啓蒙家の姿はなくなっている。

一九二四年は、また、沖縄の文芸家、論壇人たちにとって忘れられない、大きな悲しみをもたらした年でもあった。

俳句、漢詩、短歌、随筆等に健筆を振るった末吉安恭が、不慮の事故で亡くなったのである。新聞は十二月十二日から二十六日まで伊波普猷、仲吉朝助、田原煙波、島袋全発、山城正忠、伊波月城、太田潮東、島袋盛敏、比嘉朝健、漢那浪笛、寂泡生、渡口政興、上間草秋、真境名笑古、富山嘉続、池宮城美登子、東恩納寛敷、山田有幹、東恩納寛惇、といった当代の代表的な文筆家の追悼文を載せていた。

彼等の追悼文から一言ずつ引いておくと「博覧強記で特に琉球文学界の権威であつた」（伊波普猷）、「今までの日本派を去つて新傾向派として立つやうになつたのは慥かに君によつて啓発された或物を感じたからであつた」（田原煙波）、「君は郷土研究に指を染めるやうになつたのは、時代の要求の然らしむる所であつて、語を換えて言へば、彼がジアナリストとして出産した時代は所謂琉球文化のルネサンス時代で其朝夕友とする所の者は、凡へて新時代の使徒等であつたことに起因する」（伊波月城）、「俳人としての麦門冬、歌人としての落紅、漢詩人としての莫夢、郷土史家としての末吉安恭□は一見凡俗□よろづ屋の様に誤解されるが、各専門家が出て相撲を取つて見るとなか〳〵強いので皆□俵外に押し出されるのも是れ又特徴である」（漢那浪笛）、「末吉さんには『狂死したワイ』と云ふ中編小説の創作がある今年の初夏に出版するお約束で纏めて貰つたが、僕の方の都合が悪くてとう〳〵出版の運びにならなかつた」（寂泡生）、「新婚当座の私をモデルにした小説を発表して私を苦笑させたりしてゐた」（上間草秋）、「彼の血管にはその祖先の歌人摩文仁安祥□宜湾朝保編沖縄古今集中にある一人――の血が流れてゐると共に多少政事家――三司官摩文仁安政――の血も混つてゐたのであらう。即ち情操と理知が可なり巧みに配合されたひとであつた」（真境名笑古）、「氏は一見無愛想で、あの巨大な体躯の中には、何処にも当世風の巧言令色といふ点は見出せなかつた」（富山嘉続）、「沖縄毎日の記者で諸見里氏や山城翠香南村等と云ふ方々と健筆を揮つて居た」（長浜□州）、「彼は、沖縄のやうな不便な処にゐて、珍しい程物を読んでゐた。詠んだものをならべて行く点に於て、彼は、球陽の小南方であつた。彼の史論は述べるのであつて、論ずるのではなかつた。彼の史筆に結論がない如く彼の人物にも結論がなかつた。よく云へば彼は初めから□境に入つてゐた。彼の生涯は、障子の陰を通つた大人のやうな気がする。素通りしたが影は大きかつた。開けて見ると、もう居ない。彼は既成でもなければ、未成でもない、恐らく。成は彼にとつては問題ではなかつたらう」（東恩納寛惇）といった賛辞が並んでいた。

　末吉が、どのような人物であったかこれらの追悼文からわかるのだが、これほど多くの追悼文が寄せられたのは、後にも先にもなかったのではなかろうか。末吉安恭がいかに沖縄の文界で大きな位置をしめていたか物語ってあまりある。

○

一九二四年の文芸界は、末吉安恭の突然の死という悲しみのなかで暮れ、一九二五年を迎える。一九二五年は、収集された新聞も多く、文芸作品もその分多く見られるようになる。

冬色に茜さす日は登りたり小鳥よ啼き啼け雪遠き間に
この寒さいよゝつのらば川の音も氷の下にひそまるらんか
日の照りつ雪の舞ひ舞ふ冬空にこだまを返し鶏はひた鳴く
久方に映えし朝日ををろがむと窓を開けば雪片の舞ひ入る
変装の雪は悲しも舞ひ舞へとこのたまゆらの白雪にして

憎らしく可愛きものよじやれ雪は我が唇に止りては消ゆ
冬籠る我が部屋ぬちに炭聞きつ幼き□の友思ふなり

一九二五年一月二十九日付『沖縄朝日新聞』の「朝日歌壇」に掲載された石川正通の「雪の□日本」七首である。石川は、英語に堪能な学者としてよりもむしろ「正通アワー」等の放談や、「シンシーヤフユー（普猷）シ、ウクサノーニントウ（忍冬）ミセーン」[16]といった語呂合わせ、洒落、地口にたけた漫談を得意とする先生として知られた人である。石川は短歌だけでなく、すぐれた沖縄語詩を書く事のできたいわゆる文人であり、山城正忠や池宮城積宝らと親交があった。美登子の姉繁子は、石川の最初の妻であり、女高師受験のため上京した美登子は、石川家に同居していて、そこで、積宝に紹介され、結婚することになるのである。[17]積宝や、山城が訪ねていたというだけでも石川が、文学に浅からぬ縁があったということはわかるが、そこに、文学少女、美登子が、同居者として登場するのである。

一九二四年六月二十三日「朝日歌壇」に積宝との結婚生活を歌った「別離」十五首を発表した美登子は、一九二五年三月十一日には、四首（題なし）、四月十一日には「海辺」五首、五月からは「創作　一事件」を連載、一九二六年一月一日には「創作　手袋」を発表、同一月の半ばから「職業見合」を連載、女性作家として注目を集めていく。

美登子より少し遅れて「垂乳根を売る　山城正忠さまにこの拙き歌稿をささぐ」（大正十三年七月十日九首）を発表した水野蓮子は、一九二五年になって七月十七日「犬のごとく」八首、翌十八日「我を知る人への消息」六首、九月二十九日「寂しい存在」十一首といったように、精力的に短歌を発表していく。

美登子、蓮子の登場は、新聞歌壇への女性の登場を促した。彼女たちの登場のあと歌壇には富子、仙子、しづ子、英子、貞子、満木子、詩壇に久子といったような名前が見られるようになる。

○

一九二五年の文芸界は、先に上げた女性たちの登場とともに、入れ替わり立ち代わり数多くの表現者が登場してくる。その中で、短歌壇では光市路、松根星舟、伊豆味山人、當間黙牛、石川正秋、川島涙夢、比嘉俊成、伊豆味山人、禿野兵太、北谷孤星、安里猛郎、伊波文雄、詩壇では名嘉元浪村、志せき、白浜冷夢、川島涙夢、當間志□といった名前が目立った。創作では桃原思石「字の下手な男」「白昼の夢」、上武羅邦夫「郡道」「だから女は——痴人の手記——」、増英生「或る移民」、豊平顕夫「一ぱい喰はされた男の話」「春陽のいたづら」、池宮城美登子「一事件」、神山宗勲「燃えた〳〵心」、池宮城積宝「恋愛以前」といったのが見られるが、いずれも脱落が多く、連載の一部を読むことが出来るだけである。

一九二五年の文芸欄で注目されるものでは、新聞に掲載された作品についての読後評があった。四月八日、九日に掲載された政子の「水野蓮子の『垂乳根』を読む」は、その一つである。政子はそこで、前年七月十日「朝日歌壇」に掲載された「垂乳根を売る　山城正忠さまにこの拙き歌稿をさゝぐ」の歌をとりあげて論じているが、そのなかの一首「垂乳根の母を売るかや恋のためあはれ売るかやあなあな悲し」について「どうして私しの心を理解してくれないのであろう今迄女と言ふものはかくあらねばならない一つの道軌に当嵌めさせられて生きて来たものの、そこれはとても人間としての生活ではない殊に女はたつた一人の人に自分のこゝろを決めるのに何故女は恋をしてはいけないのだ女は生きる限り愛にこそ生くるのであるにそれは歴史がよく物語つてゐるのに女の生命はたつた一人の人にこそ生きるのであるのに母は何と言ふ理解のない人であらう若しも私しが彼の人の前に走つたら母は悲しみに衰え、ことに怒るであろう顔を掩ひ身を投げて母は嘆くであろうが私しとしてはとても彼のひとのことを思ひ切ることは出来ないいゝえ私しの生きてゐるのもこうして忍従に耐へてゐるのも総ては皆んな彼のひとの為であるのだ、かくすると私しは母を売らなければいけないのか彼のひとを売るのか母を売るのか噫！私しはどうしようと、どうしようと言ふ女こゝろの悩ましさを大胆に歌つてあると思ひます」と述べ、その例証としてさらに四首ほど引用し、「とにもかくにも氏は女なとしての生きてゆくべき道を力強く歌ひ真実に自己を凝視するひとであると思ひます悲しみも悩ましさも寂しさも自分がこんなに生きてゐるのも只愛しい□たつたひとりのひとの為めであるのだ彼のひとのことなればこそ、どんな苦しみにも堪へるのだと。ほんに力強く生るひとであるのを想像します」と論じていた。

「垂乳根の母を売る」一首をめぐる解釈、そして作者水野の歌の魅力について述べた政子の評は、当時の読者に、歌以上に訴えるものがあったのではないかと思われる。それは、歌が、読む人自身の身に引き寄せて読まれているからであり、歌は、そのようにも読めるのだと気づかせてくれるものがあったといえるからである。

短歌についての読後評が出て後の六月十三日には、旗雄の「――名嘉元浪村――「蛙」読後感」の掲載が見られる。

それは六月十日に掲載された次の詩にたいするものであった。

蛙こそは地上の哲人
月光と緑草と泥（ぬかるみ）に宿る
古雅で水色の旅人
緑青の眼に涙の睫毛
悲しい世界をピョンと跳ねて

地に蹲り空に憧れる
蛙こそは重苦しい芸術家
鉛色の脉官に微苦笑を漂はし
ニヤリと黄金の入歯を見せる
不得要領の性格の把持者
若草の夜露の中では
象牙の夢に泳ぎ
昼顔の咲く廃墟の舞台では
肉襦袢で跳ね踊る
赤い月の岸辺では
憂鬱に膨らんだ喉笛で
享楽の夜の雨を呼ぶ
窒息した白光の大気の中では
敬虔しく両手をついて
疑惑、困憊、呪詛、嘲笑も
グツと呑んでキヨトンとすます

鳴かず飛ばずの磊落もの

名嘉元は「蛙」を「習作」と付記するとともに、詩の終りに「――ごくつまらぬ作ですが読者諸兄の御批評を仰ぎます――」と付け加えていた。その言葉に促されたわけでもないであろうが、旗雄は「習作以上に出ない作である大人の書いたクレヨン画の感ぢである不得要領の詩である作者は蛙を何べん位凝視した事だらう童謡につくりかえたら却つてはつきりする／鉛色の脉官に微苦笑を漂はし／ニヤリと黄金の入歯を見せる／読者の頭には不得要領でじょう慢の感じがする／鳴かず飛ばずの磊落もの／この鳴かず飛ばずの語（かたり）は漢文の本にある三年鳴かず飛ばずとかある語を使用したものなりや若しそう言ふ意味のものなら読者はこの所少しいやみありと感ず要するにすべてが混血児の感ぢなり蛙の腹わたをくぐり抜けて来て居ない感ぢもあるそして最後に智識の悲哀を感ずる、やつぱり歌人としてが浪村氏は感じがいい好い処も沢山ある然しそれは言はなくとも他の読者は分ることだらう妄言多謝」と「蛙」の詩が「不得要領」であり「混血児の感じ」であり、「智識の悲哀」を感じさせるものだとし、浪村は、詩より短歌が断然いいとしていた。

そのように、「蛙」の詩をまったく評価しない評が見られた一方で、同日の新聞には、次のような詩が掲載されていた。

「蛙」　志せき

蛙よ
何んと言ふ貴様は不恰好者だ
毒を食つたら腹わたを出して水に洗ふんだつて
紳士達が倶楽部で呑みすごした酒づけの腹をなでた時
お前のそうした得意の芸当をうらやましがるだらうよ
だがお前の水中の恋の芸当はダダイスト以上だ
だが一寸不気味なのはお前のその冷たい肌だ
それはアイマイ屋の白首の淫売屋の感ぢ馬鹿もつとふざけろ
美しいはずかしがりやは過去の詩人だよ　そして一生に一度小屋を建て幟を立てゝ
無料でもいゝ
上品な
だがマスターベーションを楽む逃避の詩人に見せてやることだ
その時おれはただでポスターを書いて
宣伝の役目も俺がする

志せきは、多分桃原思石。その時彼は「創作　字の下手な男」の連載を始めたばかりであったため、別表記にしたのであろうが、名嘉元の詩に、感じるものがあったのであろう。志せきには、まだ物足りないものがあったとはいえ、これまで詩壇を飾って来た詩には見られない新しいものを見出し、応援する気持ちになったに違いない。なかなかに機知に飛んだ、これまでに見ない評となっていた。

その三日後の六月十八日には高江洲義雄の「私の芸術観（下）」が掲載されている。高江洲は、そこで、創作の神髄は「一人の人間の彼自身の真を書く」所にあると主張し、「若い作家の芸術作品として最近朝日文壇紙上に発表された特に創作を読んで見ますると何だか私に取つては物足りなさを感じました」と書いていた。

短歌、詩、創作に関する評が、そのように紙上を賑わすようになっているが、それは、多分に、新聞と読者との間の距離が縮まってきていたことを示すものであった。そのことをよく示しているのが、投書欄「麦笛」である。

五月十七日『沖縄朝日新聞』の同欄は「朝日の文芸欄発展を目にしつゝ國男どうした白楊どうした寂泡どうした無尽の計算、盃のやりとり、政治屋のまねはほど〳〵にして紙上に顔出せ」といった海草人の投書を掲載していた。

海草人の本名はわからない。彼の投書からすると、一九二五年頃には、寂泡はともかく國男、白楊は歌作を発表することがなくなっていたように見えるが、その國男が、海草人の投書にたいし六月三日「無駄話　無尽とピンポンと海人草」と題し、返答していた。

國男生は、そこで「五月十七日の麦笛欄で海人草氏が白楊、寂泡と僕三人へ朝日新聞文芸欄顔出しを慫慂してゐる。それを見て怒ったのでもなければ勿論悦びもしない。然し僕のやうな者は思ひ出して貰ふだけでも感謝しなければなるまい」と書き出し、海草人が挙げていた三名について「僕たち三名のうち白楊は田舎の校長さんだから献酬の機会は多いことだらう、寂泡が政談演説めいたことをしたといふ噂は僕も聞いて知つてゐる、かう配当してみるとあと無尽の計算と僕が残されたわけだ、田舎には所謂無尽は無いから白楊でもなからうし寂泡に到ってはとても無尽なんて考へた事すらあるまい、考えたって□□することより先づさきに取る方を考へるだらうから無尽にならない、さうなれば勢い僕が無尽を受持つわけだ」といい、自分が小学校に勤めていた頃職務で庶務にまわされ、ソロバンをはじいたことがあることから、誤解したのだろうが、自分には無尽の計算なんてとてもできることではないし、好きでもない、といったことを書いていた。

これは、大正文壇史の一挿話としても面白いが、新聞は、そのように読者同士が応答できる場として身近なものになっていたことがわかる。

○

政子の水野蓮子の短歌評が出た四月九日、「朝日歌壇」に松根星舟の短歌九首が掲載されている。その中に次のような歌が見られた。

愛し子を女工にやりてよろこべるその親見れば涙さそわる
漁（すなどり）をすてて職工に行くといふ故里人をなげかひにけり

松根の短歌が掲載された前の月の三月十七日、『沖縄朝日新聞』は「うづまく不景気風に物凄い出稼男女工の群」の見出しで「国頭郡の人口統計に現はれた男女工の数」を報告していた。県外に出て行った「男女工」は、国頭郡だけではなかったであろう。「沖縄県の窮状」を訴える記事が紙面にとぎれることなく現れてくるように、大正末期の沖縄はいわゆる「蘇鉄地獄」と称されるような状況を呈したことは湧上聾人の『沖縄救済論集』等に収録された報告に詳しい。

松根の短歌は、そのことを語るものとなっていた。また八月十八日から連載の始まる増英生の創作「或る移民」[18]も、その時代のハワイ移民たちを見舞った事件を扱ったものであったといっていいだろう。あと一つ付け加えておけば、十月一日付け『琉球新報』[19]に見られる川島涙夢の「或物語

（二）」にも、紡績に行く島の女性たちを港で見送る光景が描かれていた。大正末になると、移民や出稼ぎについて触れた作品がにわかに多くなっているのがわかる。
一九二五年には、短歌の分野で、注目される作品が現れていた。

草の上の夢に生きてた俺が真上をふわり〳〵雲が飛んでた

禿野兵太の「秋風吹けば（口語歌）――地□の友に捧ぐ」と題された九首の中の一首である。歌壇には新しい傾向の作品が現れていた。
歌壇は、そのように「口語歌」が登場してきたばかりでなく、いわゆる歌人と呼ばれておかしくない人たちが登場していたが、まだ個人の歌集に関する情報は現れてこない。詩壇も、世禮國男の『阿旦のかげ』以後、どのような詩集が刊行されたか文芸記事からは判然としないが、一九二五年には下地一秋の「詩集　死沼」というのが書店の広告には見られた。

○
一九二六年、大正最後の元旦一月一日の『沖縄朝日新聞』は、美登子の「手袋」と新垣晃の「疑似恋愛」を掲載していた。新垣の作品には「懸賞当選小説」と付されている。それからすると、新年の紙面を飾るために、小説を公募したのであろう。また一月の下旬から、美登子の「職業見合」や、小泉左伝の「創作　八重ちゃん」を連載していて、小説作品の掲載に力をいれたことが分かる。

文芸欄の充実を図って行われたに違いない「懸賞小説募集」は、『沖縄朝日新聞』だけが行っていたのではない。同様な試みが『沖縄タイムス』でも行われていたことは、一九二六年五月「上之蔵新垣病院の元薬局生が自殺　題「なみだ」本社の懸賞に応募　小泉左伝で」という記事からわかる。小泉の「なみだ」の掲載が何日からはじまったのかは不明。五月二十七日には五回目が掲載されていることから、小泉の「自殺」を報じた記事のあと、すぐに連載が始まったのではないかと思われる。小泉の小説は、作者の自殺ということもあって話題を呼んだに違いない。[20]

一九二六年六月十二日付『沖縄タイムス』は、南部修太郎の「『さまよへる琉球人』に就て一つの感想（下）」を掲載している。「上」は収集されてないが、「下」は、植民地下にあった朝鮮からきた学生たちのことや、沖縄青年同盟の「質問状」が呼び起こした感慨を記していた。

南部は「朝鮮の青年の私に対する詞や広津氏への質問状に現れてゐる琉球の青年達の訴へにはさもあらう、尤もだといふやうな心からの同感で耳を傾けずにはゐられない。が、併合後の日も浅い朝鮮のことはこゝでに暫・、別として、私達が新領土意識など全くうしなひ、しかも、南海の平和安楽な島国のやうに想像してゐた琉球の青年達から被統治者意識を底に持つたあゝいふ訴へを聞かされたばかりでなく、そこが経済的危機に瀕してゐる島国でかれ等の前には一種の飢渇の日さへ迫つてゐるといふ事実を知らされたことは、私にはあまりに思ひ掛ないことであつた。そして、私は、ちよつと暗澹たる感じを覚えた」と自省したあと、続けて「一視同仁とか、共立共存とか、親和融合とかいうような美しい言葉が始終口にされていながら、それを裏切るような事実を私達はあまりに度々見聞する。それにしても琉球の青年達からまであんな訴へを聞くことは、私達の恥だ。とりわけそれが何の反抗力も持つてゐない処の、少数の、弱々しい人達からの声であるだけに――15、5、18」と書いていた。

広津和郎の「さまよへる琉球人」が、『中央公論』に掲載されたのは一九二六年三月号。それに対して沖縄青年同盟の「広津和郎氏に抗議す」が『報知新聞』に発表されたのが四月四日。広津は四月十一日、同紙に「沖縄青年同盟諸君に答ふ」を発表するとともに、『中央公論』五月号に「沖縄青年同盟よりの抗議書――拙作「さまよへる琉球人」について」を発表していた。[21]

同作にたいしてはさらに青野季吉（『毎夕新聞』五月、「広津氏に問ふ」）と広津（『読売新聞』六月十日〜十三日、「二つの気質――青野季吉氏に答ふ」）との間で応酬があり、六月まで尾を引いていくが、南部のそれも、広津と沖縄青年同盟との間の応答に触発されて書かれたものであった。

広津の作品及び広津と沖縄青年同盟との間の応答をめぐって沖縄現地の新聞は多くの記事を

出したはずである。これまた新聞の収集にむらがあるため、今の処、ほとんど見ることができない。

広津の作品に対する沖縄青年同盟の抗議は、広津の、自作の抹殺ということで落着する。大正期の筆禍事件として、あまりに有名だが、沖縄をめぐる記述に関しては、他にも「抗議書」ではなく「決議文」が提出されたことはあった。

一九二五年六月十六日付『沖縄朝日新聞』に掲載された「関西県人会だより　廃れつゝある琉球の弊風紹介に対する県人会の抗議」と題した記事がそれである。関西県人会支部大会は、六月六日から『大阪毎日新聞』の夕刊に連載された「新琉球への旅」にみられる「生豚を頭上へ」といった記事を取り上げる。そして、ただでさえ「蔑視と冷笑」にさらされている県人を窮地に追い込み「県人発展の障壁」になるので、決議文を作成し、新聞社に送り交渉したいとの意見がだされ、一時騒然とするが、挙手による採決で、同案は認められる。その決議文は、次のようなものであった。

民族問題の紛糾しつゝある今日兎もすれば民族的に蔑視せらさんとする沖縄県情を紹介するに際し御紙六月六日夕刊連載の「新琉球への旅」及び全欄挿入の写真は社会一般に吾が沖縄県をして益々侮蔑の念を抱かしめ□いては県人の向上発展の障壁を成因するものと思惟す

種々の弊風は県内の有識者及び当県人会において徹底的掃蕩をなすべく運動しつゝあり。我等は事実の如何に拘らず新聞社において県情風俗の如きを紹介するに当り他府県における県人の社会的地位にも御同情と御理解を賜り慎重に取扱ひ下されんことを切望す
右決議す

大正十四年六月七日
関西沖縄県人会港区第一支部大会
大阪毎日新聞社編集部御中

『大阪毎日新聞』の記事が、関西沖縄県人会で物議をかもし、「決議文」が草されたのであるが、同様な出来事がいろいろとあって、一九二六年には、広津作品で爆発したようにもみえる。いずれにせよ、小説作品が、大きな社会的関心を呼び起こすものにもなる、ということを同作品は示したのである。

広津の作品には、三人の沖縄出身青年が登場していた。広津が出入りした出版社に勤めるM、いかがわしい製品を広津のもとに持って現れた見返、そして広津の本を借りて返さなかったOの三名である。彼等が、広津と関係をもったのは、多分、三人が三人とも、文学に関心があったことによる。沖縄から上京した文学志望の青年たちは、明治期の末吉安持や摩文仁朝信らがそうであったように、著名な作家をたずね、同門に加わり活動することをめざした。大正の青年たちもそれは同様であったといっていい。

一九二六年八月『琉球新報』は、船越尚武の「東都文士印象記」[22]を連載していく。船越のそれは、かつて沖縄から上京した作家志望の文学青年らが、有力な文士の門を敲いて、そのことをとくとくと沖縄の新聞に書き送っていたのを彷彿とさせる。

大正十五年は、小説の掲載が、増えてきたように見えるが、それ以上に、短詩形作品の掲載が相次いでいた。

詩壇では、収集されている詩は一編ずつだが宮里静湖[23]、新屋敷幸繁[24]が登場、俳句では、一月三十一日の「朝日俳壇」に「榕樹会選句」として、作品集の掲載が見られる。

「文芸欄の充実を期さんが為め俳壇を設けます」と「朝日俳壇を設く」の見出しで社告が出されたのは、一九二五年七月十七日。恐らく、その後すぐに「朝日俳壇」を設け、作品も掲載されたに違いないが、現在見られるのは二六年一月三十一日に掲載された「榕樹会選句」からである。

一月三十一日に掲載された作品は、収集された新聞が反切れのため、下句と作者に不明な部分が多い。次に掲げたのは五月十九日に掲載されたものである。

作り並ぶる生地の壺次々に春湯汲ふ　瑞泉
そゞろ風の翻へす芽葉真昼の庭なり　みね女

一せいに花もちたる大根畠の陽よ　梨雨
行先告げず出た児長閑暮れて来た　みね女

作品は一点に十一句、二点に六句、三点に二句そして四点に四句あって、その四点四句である。この四句をみても分かる通り「榕樹会」は、いわゆる伝統的な俳句によらない作句をめざした人たちの集まりだったようである。四月三日『沖縄タイムス』に掲載された「近詠雑句」にも、

桑食む音静かなる夜を睡れる女　高木清風

といった句がみられた。それからすると、短歌に「口語歌」が現れたように、俳句でも大正末期になると、定型に寄らない句作が、試みられるようになっていたことがわかる。

俳句の掲載された紙面の収集が少ないため、その後のようすは不明だが、短歌壇では禿野兵太の「口語歌」のあと、「感激のない生活は嫌だ　友と酒を呑み野犬のやうに　闇をさまよふ」[25]「とつさんと芋でも作つて暮したが私は好きだ呑気でいゝぞ」[26]といった、やはり定型によらない歌が掲載されていた。俳句、短歌ともに、新しい表現の時代を迎えていたといえるし、それは詩壇についてもいえた。

俺は熱い報酬を
ひそかに待つてをつた
晴
雨
風
曇
月
雨
曇
風
雷
月
晴
とう〳〵来なかつた

二六年二月七日に掲載された仲本・松影の「恋の返書」と題された一編である。恋文への返事は、いつまで待っても来なかった、というものである。過ぎ去って行く日々を、天気を表す一文字を並べるかたちで表した、なかなかにハイカラで洒落た一編となっていた。

一九二六年の沖縄文芸界は、短詩形表現、とりわけ歌壇が花盛りであったといえるが、そのなかで、次のような文章が現れる。

歌壇の諸君！いや御老人方！漆黒の髪をきりつと天保時代のチヨンマゲに結び上げた歌人諸君「けり」「かも」まかり間違へば「はも」なん□くつつけて「浅墨色の慶良間島」を「さびれ行く首里」を「裏山のこほろぎ」を万辺鳴く飽く事も知らずに無批評に駄句つてゐる諸君！何と言ふ聖代の一異観！私は自動車上にフンゾリかへつた出来損ひの天保人を街頭に見出した気持だ。

さうぢやないか諸君、日々の新聞の短歌欄が諸君のチヨンマゲの美しい（？）展覧会だと見たのが愚なのか不明なのか

諸君は恋愛を歌ふ　あのチヨンマゲ姿の若年寄が　カンザシならぬ白魚の様なま手で砂上に恋歌を書き召さる諸君ラブレターが見たいもんだ　雅語・古語で美しく縫ひとりされた美文を思ふただけで腹の筋が痛む

二月三日、「歌壇漫語」と題された狂犬生の歌壇評である。狂犬生は、その後さらに続けて、批評らしいものがないこと、「賑やかな寂しい歌壇」であること、短歌用語が「現在我々の使用する言語でない事」などを批判し、「我々は我々の言葉で新しい道を行かうではないか」と呼びかけていた。

明治末期の新青年たちも、旧歌壇の先達を「天保老人」と呼んで批判していたが、大正末期の文学青年たちも、同じく、旧態依然とした歌を詠んでいる者たちを「天保老人」だとして批判したのである。

狂犬生の「歌壇漫語」が掲載された翌二月四日『沖縄朝日新聞』は、「短歌雑誌『檳榔』」の見出しで「今回那覇に於いて當間黙牛、奈加峯緑葉、石川正秋、新島政之助、川島涙夢、水野蓮子等が同人として『檳榔』と言ふ短歌雑誌を発行する由なるが原稿は那覇市県庁の前奈加峯緑葉君のところにおくられたしと」との記事を出していた。

また二月六日付『沖縄朝日新聞』には、「内海同人詠草」として島袋九峯、島袋哀子、星野茂、名嘉元浪村の短歌が掲載されていた。これは、「檳榔」グループとは明らかに異なる歌人たちが集まったグループである。

「檳榔」及び「内海同人」は、大正歌壇をリードした歌人たちの集まったグループだった。彼等は、狂犬生の「歌壇漫語」に最もよく反応したのではないかと思われるし、「内海同人」の一人名嘉元浪村は、後の事になるが「私の故郷琉球には歌人とも云はるべき人が皆無のやうに思ひます。たまたま中央歌壇に顔をのぞかしたかと思へばもう引つ込んで仕舞ひます。そして無精でひとりよがりでいゝ気になつてゐるのを視かけます」[27]と書いていて、沖縄の歌壇の現状を嘆いていた。

名嘉元の歌集読後評（二）が出た翌日の八月二十八日には「流動短歌会詠草（第6回）」として、瓦石、康一郎、灰兎、興武の短歌が掲載されていた。

「流動短歌会詠草」は、自由律になる歌を試みたグループである。[28] 八月に六回目を迎えていることから、「流動短歌会」も、「檳榔」や「内海同人」とほぼ同時期に会を発足させていたのではないかと思われる。いずれにせよ、一九二六年には、多くの短歌会が発足して鎬を削っていたことがわかる。そのような歌壇花盛りのなかで、「歌壇漫語」などが出ていたのである。

岡本恵徳は、「大正期から昭和にかけての沖縄の文学活動の中心をなしたのは短歌であるが、このような短歌の隆盛をもたらしたのは、（中略）、各新聞に競って設けられた「歌壇」であり、それに投稿される短歌の選考にあたった山城正忠などの選者たちの力であった」と述べていた。[29]

岡本が指摘している通り、大正末期の短歌壇の隆盛は、[30] 各新聞が「歌壇」をもうけ、積極的に作品の掲載をしていったことにある。収集された一九二五、二六年の新聞からはっきり見えてきたことの、それは一つであった。

沖縄の大正文学史は、まだ空白の部分が少なくない。空白部分を埋めるには、新聞の発掘を待つしかないが、三つの新聞集成が出てきたことで、とりあえず、その幾分かを埋めることができたのではないかと思っている。

〈注〉

1 『沖縄朝日新聞』大八、一枚、大十三、六～十二 二十八枚、大十四、一～十二、六十八枚、大十五、一～九、百八枚。『沖縄タイムス』大十一、三～四、三十枚、大十三、二～十二、百二十三枚、大十五、一～八、五十九枚。『沖縄時事新報』大八、九～十一、二十六枚。

2 『沖縄朝日新聞』大九、二～十、十五枚、大十、一、三枚、大十一、二～七、七枚、大十二、三、二枚、大十三、四～十二、二十六枚、大十四、二～六、三十八枚。『琉球新報』大九、五～十二、九枚、大十、五～十二、九枚、大十二、三～九、十四枚、大十四、二～九、五枚、大十五、三、一枚。『沖縄タイムス』大十、六、七枚、大十一、二～十、十一枚、大十二、一～十一、十三枚、大十三、二～五、五枚、大十五、二～三、四枚。『沖縄日日新聞』大九、九、三枚、大十、二、六枚。『沖縄時事新報』大九、二～八、七枚。

3 『沖縄朝日新聞』大十三、六、七、三十九枚、『琉球新報』大十三、五～七、二十六枚、『沖縄タイムス』大十三、七、八、九、七十二枚。

4　詞書に「川平榕齋詞兄夢熊挙男児。端午吉辰。被招其賀筵。席上次真境名笑古兄芳韻。恭祝求正」とある。明治期の漢詩結社としては「吟風社」、大正期のそれには「蒸髦社」等があるが、笑古は、いずれの結社にも属することなく、大正中期まで漢詩を詠んでいたようにみえる。
5　『沖縄の歳月　自伝的回想から』昭和四四年三月二十五日、中央公論社。
6　仲程昌徳「演劇革新への胎動――「時花唄」をめぐって」『沖縄文学の諸相　戦後文学・方言詩・戯曲・琉歌・短歌』二〇一〇年二月二十八日、ボーダーインク。
7　「文芸の人たち」『沖縄の百年　第三巻――歴史編　近代沖縄の歩み下』一九七一年九月二十五日、太平出版社。
8　『白菊の花　伊波冬子遺稿集　忍冬その詩・短歌・随想』昭和五九年四月十日、若夏社。
9　千原繁子「わが師」『随想集　カルテの余白』昭和五三年九月二十八日、若夏社。
10　「黎明期を生きる　対談千原繁子　新垣美登子」『那覇女の軌跡　新垣美登子85歳記念出版』一九八五年一月一日　松本タイプ出版部。
11　「琉球に取材した文学」『金城朝永全集上巻　言語・文学篇』一九七四年一月二十五日、沖縄タイムス社。
12　「文学と私」『新沖縄文学』第七号、秋季号、一九六七年十一月十日、沖縄タイムス社。
13　「新生」『哀愁の旅』一九八三年九月三十日　松本タイプ出版部。
14　「ぼくの半生記」『山之口貘全集第三巻　随筆』一九七六年五月一日、思潮社。
15　松浦雅子「鏡としての翻訳紀行文　伊波月城と来琉「異国船」訪問記①」『琉球アジア社会文化研究』第18号　二〇一五年十一月七日、琉球アジア社会文化研究会。

16　金城芳子「伊波普猷をめぐる五人の女」『那覇女の軌跡』前掲。新崎盛敏「正通先輩を偲んで」『石川正通追想集』昭和六十年三月二十三日、印刷センター大永。
17　金城、注16同。新垣、注10同。
18　小那覇三郎「布哇の将来」『移民の友』大正十五年十月二十日第二版、移民之友社。ドウス昌代『日本の陰謀　ハワイオアフ島大ストライキの光と影』一九九四年九月十日、文芸春秋。増英生は、吉本増英。吉本には「沖縄移民の発展」（『おきなわ　ハワイ特集』第十号、昭和二十六年三月十日、おきなわ社）などの著述がある。
19　浦添市立図書館蔵『琉球新報』大正十三年～十五年。収録されている紙面は大正十三年五月二十一日～十二月二十日、四十八枚、大正十四年一月一日～十一月十五日、五十八枚、大正十五年一月十九日～十月一日、六十二枚。「琉球歌壇」「詩歌」「詩壇」といった詩歌作品を掲載している紙面は、そう多くない。
20　池宮城美登子「小泉左伝を懐ふ」『琉球新報』大正十五年五月二十五日。新垣美登子「小泉を思う」『新垣美登子作品集』昭和六十三年五月六日、ニライ社。
21　広津和郎『さまよへる琉球人』一九九四年五月三十一日、同時代社。
22　八月十日の「東都文士印象記」はその（六）になっていて、そこでは牧野信一、中河與一を取り上げていた。
23　「海」『沖縄朝日新聞』大正十五年二月三日。
24　「労働神聖」『沖縄朝日新聞』大正十五年四月十七日。大正十五年十月、詩集『生活の挽歌』を出版。「労働神聖」は収録されてない。
25　春海□月「酔つ拂ひ」五首、『沖縄朝日新聞』大正十五年四月二十二日。

26 桃原思石「五月の歌」九首、『沖縄朝日新聞』大正十五五月十六日。

27 大正十五年八月二十七日、二十八日「歌集「ひこばえ」を読む――水がめ叢書第十編・松田常憲氏著」。

28 大正十五年八月二十八日『沖縄朝日新聞』「朝日歌壇」は、「旧七月三日新月の夜高橋町空想花園にて短歌会開催しました当日の収穫左記の通りです」として

　獣の如き生活かたゞ生きて水を汲みつゝ歌ふ狂人　瓦白
　その昔の匕首を握る殺意かも城間美智子よ駄々子の嘘　康一郎
　裏道に二銭銅貨を拾ひし如し。わが半生の悲しき恋歌　灰禹
　久しぶりに歌よまんと黙せしに百足這ひ来て驚きて止む　興武

といった歌を掲載していた。

29 「近代沖縄文学史論」『現代沖縄の文学と思想』一九八一年七月二十日、沖縄タイムス社。

30 大正末の歌壇の隆盛ぶりは、新聞歌壇を見るだけでよくわかるが、さらにそのことをよく示しているのが、大正十五年に刊行された『琉球年刊歌集』である。同集「編集後記」で「本集の原稿の募集をしてから〆切までに稿を寄せて下さつた歌人三十有余氏その歌数四百余首、琉球に於ける主なる歌人の作品はこゝに於てほとんど揃つたわけである」と記していた。そこからも歌壇の隆盛振りはうかがわれよう。「編集後記」にはまた「尚ほ、『琉球詩集』は目下編集中」とある。詩集が、刊行されたかどうかは不明である。

2　沖縄現代小説史
―敗戦後から復帰まで

1

一九七七年五月、「文化と思想の総合誌」を謳った『新沖縄文学』（第三五号）は「沖縄の戦後文学」を特集している。「沖縄戦の三三年忌」「復帰後満五年目」の節目にあたって各種団体は、種々の記念行事をとり行うことになるが、『新沖縄文学』は沖縄の「戦後文学」を取り上げ、その再検討を計ったのである。特集の意図について「編集後記」は次のように書いていた。

ことしは「復帰」後、満五年目を迎えます。あわせて沖縄戦の三三年忌にあたります。ともに沖縄の戦後史を振り返る重要な結節点といえますが、その一つの試みとして「戦後文学」の出発とその展開をテーマに今号の特集を構成してみました。

一九七七年は、確かに「沖縄の戦後史を振り返る重要な結節点」と言えた。戦争で死んでいった人たちの三三年忌は、一つの時代の終焉を意味したし、復帰五年目は、新しい時代への参入を意味したと見なせるからである。『新沖縄文学』は、「沖縄の戦後文学」に焦点をあてることで、戦後の大きな区切り目に楔を打ちこもうとしたとも言えるのである。

特集号は「Ⅰ沖縄戦後文学の出発」「Ⅱ討議『沖縄の戦後　文学と演劇』」「Ⅲ戦後沖縄文学資料」（資料Ⅰ　戦後初期短篇小説、資料Ⅱ　沖縄戦後文学史略年表）の三本を柱にしている。

特集「Ⅰ」で、岡本恵徳は「戦後文学の展開」と題した基調報告を行っている。岡本は『うるま春秋』『月刊タイムス』『琉大文学』等の雑誌を通して戦後文学の動向を探っていた。岡本の論に沿う形で、沖縄の「戦後文学の展開」を、雑誌で追っていくと、Ⅰ『うるま春秋』『月刊タイムス』期、Ⅱ『琉大文学』『沖縄文学』期、Ⅲ『新沖縄文学』期となる。それはまたⅠ戦後文学の出発期、Ⅱ戦後文学の高揚期、Ⅲ戦後文学の収穫・決算期と別のかたちに言い換えてみることも可能である。

戦後沖縄文学の時期区分については、すでに岡本の詳しい論考がある（「沖縄の戦後の文学」『現代沖縄の文学と思想』一九八一年刊所収）が、ここでは、右のようなかたちで、大きく三つの時期に分けて概観してみたい。

戦後沖縄文学の出発については、すでに一つの定説が出来上がっている。

戦後文学の出発は、太田良博さんの「黒ダイヤ」だというのが定説みたいになっていますし、それ以後新聞社の懸賞でいわゆる戦後派作家たちがでてきたわけですが、太田さんや大城さんがいわれた戦争を体験したということが、それらの人たちに切実な問題として受けとめられていないというような気がするんです。で、いきおい沖縄の戦後文学の出発というものは非常に自然発生的なものであったという印象をぼくは受けるんです。

一九五六年六月『沖縄文学』創刊号は、「出発に際して─戦後沖縄文学の諸問題─」をテーマに太田良博、大城立裕、新川明、池田和の四名による座談会記録（速記・船越義彰）を掲載している。右の引用は、新川の言葉で、太田、大城の後を受けてなされた発言である。

新川の言葉の呼び水となった太田の発言は「激しい戦争を体験した沖縄から、将来、偉大な文学が生れるであろう」と予言したアメリカ人の書いた記事を読んだことがあるという前置きから始まっていた。太田は「破壊された風土の中から新しい文学が生れるのだ」と期待したが、「戦後十年をふりかえってみて、いうところの本当の文学にまだ接していない、みえていないという気がする」と期待通りにいかなかったことを慨嘆し、「戦争文学にしても、またそうでないものにしても、戦争を契機として新しい文学が生れるべき」であるにもかかわらず、そのような「新しい文学」と呼べるものはなかったのではないか、と疑問を投げかけたのである。太田の発言を受けて大城は「戦後は一生懸命にやっている人がいたにしても、そのようなことはなかったでしょうね」と応答。そのあとに新川の言葉が続いていた。

沖縄の戦後文学の出発は、新川の言葉に見られるように、太田の「黒ダイヤ」とするのが「定説みたいになって」いるのだが、それは、一九五三年刊『沖縄大観』所収「戦後の文学」(城戸裕・冬山晃)に見られる、次のような指摘を踏まえていた。

小説は一九四九年三月新人太田良博が月刊タイムスに「黒ダイヤ」を発表したのが戦後の皮切りである。これはマレー戦線に見た黒ダイヤのような瞳をもった純真なインドネシヤ少年と日本人従軍記者との純粋な愛情をセミドキュメンタリー手法で描いて成功したもので、詩人たる作者の表現も美しく、記録文学に伴う退屈さをも克服している。

太田の「黒ダイヤ」についていち早く触れたのに江島寂鳥の「戦後文学の動向」(『月刊タイムス』一九四九年十一月、第十一号)がある。江島はそこで『月刊タイムス』や『人民文化』等の雑誌に掲載された二三の作品を読んだだけで「沖縄戦後文学の動向などと云うと笑うものがいるような気がする。しかしわれわれは真けんである」といい、太田の「黒ダイヤ」を取りあげ「一つのルポルタージュとして興味を惹いた。文章もしっかりしている」と評価していた。

江島の評には、「戦後の文学」に見られる「戦後の皮切り」といったような言葉は見られないが、「沖縄戦後文学の動向」について述べるにあたって最初に取り上げたということでは、江島にも「黒ダイヤ」を沖縄の戦後文学の出発だとする考えがあったと推測できる。

新川の言葉は「戦後文学の動向」や「戦後の文学」を踏まえながら、「定説みたい」と含みのある言い方になっていたが、太田の「黒ダイヤ」が、戦後沖縄文学の出発を告げた作品であることを否定するものではなかった。

「黒ダイヤ」は、太田自身後に「荒廃した戦後の沖縄の状況のなかから、ムルデカ（独立）の熱気にわきたつインドネシヤへの憧憬が、執筆当時の私の心のなかにあったことだけはいなめない」と回想しているように、インドネシヤの独立戦争を描くことによって、占領下にある沖縄の解放を夢みたものであった。太田の作品は、そういう意味で、戦後的な作品であったと言えるし、沖縄の戦後文学の出発を告げる作品の一つであったことは間違いない。

太田の「黒ダイヤ」は、一九四九年四月『月刊タイムス』第二号に掲載されたものである。同誌の創刊は、一九四九年三月、その「巻頭言」に「新沖縄の文化を建設して行くためには吾々は精神の糧をより多く持たなければならないと思う。月刊タイムスは内外の政治経済文化の情報と解説を掲載して新文化建設の旗持ちとなろう」と謳い、またその巻尾の「編集室」で、次のように書いていた。

ジャーナリストとしての責任を果たしたい——という念願と努力が軍政府の良き理解によって許されこゝに〝月刊タイムス〟の誕生を見るに至った。綜合雑誌は沖縄で嘗て出版されたことがないし読物に枯渇した全住民の渇望するものであった。それだけに沖縄の文化史上に一項を加える意義を持つ、この雑誌の自覚もこゝにある。

「ジャーナリストの責任」の自覚と「新文化建設の旗持ち」を意図して創刊された『月刊タイムス』は、早くも第二号で、戦後文学の出発と目される作品を得たのである。それで自信がついたかのように同年七月十五日発行第六号には「懸賞募集（創作と脚本）」を行なう旨の広告を出すまでになる。

文芸作品の懸賞募集は「戦後のわれわれの生活からにじみ出る新しい文芸作品—新人の登場を期待して」なされたものであった。「募集要項」を見ると、「創作四百字詰原稿用紙二十枚以内、脚本四百字詰原稿用紙二十五枚以内、版権、上演権は本社所有、締切期日九月末日本社到着のこと、発表本誌十一月誌上」となっていて、誌面がそれほど潤沢ではなかったことをうかがわせるものとなっているが、「賞」として「創作脚本各一篇賞金二千円、佳作数篇応分の賞金を贈呈」するという点に『月刊タイムス』社の「新文化建設」への意欲が現れていた。

第七号には「第一回文芸作品懸賞募集」が「文芸愛好家たちの間に相当の関心を呼び、早くも苦心の応募作品があつまりつゝある」という報告があり、第十号で「応募五五名・六四編」の発表と、「入選、佳作各二篇　脚本は入選なし佳作二篇」の発表がなされる。前者では、「第一回文芸作品懸賞募集」の〆切が九月末日であったこと、創作四十二篇、脚本二十二篇の応募があったこと、男女別に分けると男子四十九名、女子六名、職業別に分けると「官吏十一、軍作業九、教員六、警官五、農業三、事務員二、僧侶二、医者一、その他十六」であったとして作者名、作品名を掲げ、後者では創作、脚本ともに「傑出した作品」がなかったので順位の決定をやめ入選作とし、賞金二千円を三千円に増やし、入選者二人に各千五百円、選外佳作当選者には各五百円を贈呈したとしてその氏名と作品名を公表し、「総評」を付していた。

応募作品は、「総評」に見られるように「期待した野心的な作品が皆無で当選に値する作品」は出なかったが、入選作の二篇水戸博の「花の果て」と城龍吉の「老翁記」とは「比較的に優出している」とされた。

水戸の作品は、復員してきた男の妹が、占領者たちによって連れ去られ、はずかしめを受け入水自殺したことや後輩の女性が、米軍兵士のさそいをいとも簡単に受け入れてしまうことに対するやりきれなさを書いていて、占領下にある沖縄の絶望的な状況を写しだしていた。城の作品は、老いてなお田舎の陋習を打破しようと奮闘する父親を、温かい眼差しで見守る家族を描いたもので、敗戦後の新しい家族像を描こうとしたともとれるものであった。

「総評」は、水戸の作品を「修辞、構成、描写ともに群を抜いているが、熟達な作者が文章に遊んでいるといった感が深い」と指摘、城の作品は「客観小説の芽生を買った」としていた。

水戸、城そして選外佳作を除くと「作品の多くは未だ或る水準にも達せぬものばかりであった」とはいえ、応募が「六四篇」にも及んだというのは、敗戦後の荒廃と混乱の中で、表現の機会を奪われていたこと、さらには発表しようにも、発表する機関がほとんど無いに等しい状態であったことと関係していたはずである。

「戦後の出版界」(『琉球史料』第九集所収　一九六三年刊)によると「戦争のため沖縄の文書、図書の一切は全滅に近いまでに焼失され、終戦後人々は読み物に飢え活字に飢えていた。印刷機の焼失や謄写版の焼失によって、人々は印刷物から遠のき、目による知識の吸収は全く停止の状態となった。そこへ米軍政府の格別の配慮と援助により、石川市で〝うるま新報〟が発刊され、週一回二頁版の新聞が発行されるようになって、人々は初めて世の明るみに出た思いをした」という。

「世の明るみに出た思いをした」とは、世の中の動きがようやくわかるようになったということとだろうが、『うるま新報』の発刊によって、色々な情報が得られるようになったとはいえ、「読み物」に飢えた心を満たすほどのものではなかったといっていい。しかし、やがて「新沖縄の文化を建設していくためには吾々は精神の糧をより多く持たなければならない」と宣言するとともに「面白い読物もより多く収め一面郷土色も豊かにするため全琉球の各地から面白い物語や珍しい出来ごとなど読者各位からも原稿をどしどし寄せて頂きたい」と呼びかけた『月刊タイムス』が発刊され、「読み物」の掲載が始まっていく。「戦後の出版界」は、「読み物」の登場について次のように書いていた。

こゝに注目すべきは各新聞社が沖縄の文化向上に果した大きな役割である。戦争の破壊によって総ての印刷物はなくなり、日本本土との行政的分離によって文化財交流の道は杜絶し、一冊の雑誌すら読むことが出来なかった。沖縄住民は飢え渇くように「よみもの」を欲求していたのである。この時にあたり沖縄タイムス社が「月刊タイムス」（一九四九年二月）を創刊し、つゞいてうるま新報も「うるま春秋」（一九四九年十二月）を雑誌形式で刊行し、住民ことに文化人が要求していた「よみもの」を掲載した。

占領下に置かれたことによって「日本々土」との交流が杜絶、「一冊の雑誌すら読むことが出来」

なくなった中で各新聞社は「謄写版印刷」によって刊行物を発刊、どうにか「よみもの」を提供することが出来るまでになったと「戦後の出版界」は述べる。そして「よみもの」の提供だけでなく「これ等の月刊雑誌は広く一般から文学作品を募集して新人の発掘に努力した。この企画は文字に親しむ若い人達に情勢を吹込み、敗戦の空虚な心情を吐露し、あるいは夢を追って理想の世界を文字のなかに築き上げようと努力した。そうした作品が募集毎に集まり、見方によっては沖縄文学のルネッサンスを現出したような観を呈した」と概観している。

『月刊タイムス』の「文芸作品募集」は、確かに若い多くの人たちに、表現への意欲をかきたてた。そしてそれは、その後刊行された『うるま春秋』によって、さらにおし広げられていったと言っていいだろう。

『うるま春秋』が創刊されたのは、一九四九年十二月。同誌は、創刊号に山城正忠の絶筆となった「香扇抄」を掲載した。作品は、軍人から扇面に揮毫を頼まれた臆病者の疎開者が、「香扇渡廊」と書いて渡したというもので、揮毫した文字が「好戦徒労」とかけられている所に作品の隠された意図があって、厭戦を扱ったものとして読めた。「香扇抄」は、戦前活躍した作家の戦後の作品で、『月刊タイムス』に登場した新人太田の作品とともに沖縄の戦後文学の出発を告げた象徴的な作品であった。

『うるま春秋』は、創刊号に山城正忠の創作を掲載するとともに「うるま春秋創刊記念」として「一万円懸賞創作募集」の広告を出している。

新しい時代、新しい現実は、それにふさわしい文学の登場を要求する。我々は沖縄の悲しみ、喜び、怒り、はた希望を、満こうにたゝえるもろもろの情感と思索の結実を「一篇の創作」にまで高め、記録し、以て、時代の要求に応える使命をもつ筈だ。

本社は茲に新しい文学の登場を期待し、うるま春秋創刊を機に、ひろく一般から原稿を募集することにした。

『うるま春秋』の創作募集も、『月刊タイムス』のそれと同じく「新しい文学の登場」をうたい文句にしたが、それは「一、枚数　五十枚内至百枚（四百字詰原稿）」「一、当選作品　小説、戯曲とも各一篇、賞金五千円宛、但し該当作品なき場合は佳作若干を選定す」というように、原稿枚数、賞金ともに『月刊タイムス』の規模をはるかに上回るものとなっていた。

「一万円懸賞創作募集」は、一九五〇年四月、第二巻第三号で「予選発表」がなされ、応募作品四四篇のうち「選考第一次予選通過作品」として十篇が残され、第二巻第四号で「入選発表」が行なわれた。入選作に山田みどりの「ふるさと」、佳作に国本稔の「紅色の蟹」、亀谷千鶴子の「すみれ匂う」他二篇が選ばれた。

「入選作」は、次のように評されていた。

①「ふるさと」は戦後沖なわの北部山村風景をこくめいにたんねんに描き出し、人物もそれぞれ個性がはっきりしていて気持のいゝ作品であった。

②「ふるさと」は立派なものだ。筆者は未だ二十二三の女性らしいがあの年令で、ねばり強くよく見よく捕えている。土の香も出ている。もう二三年経たら女性としての此の人独特の良さがもっとはっきりすることと思う。

③「ふるさと」は怠屈極まる山間の出来事を繊細な筆致で至ってすらすらと描いている。描写の力はよく均整がとれていて、未完成の域を脱している。若い女性が因習に抗し、現実をは握して、近代人として生きんとする意欲が、二つの途を行くことになる。一つは因習に克服する明子他は飽くまで因習に反抗する千枝子。両人の性格もよく描かれている。新しき時代を呼吸しようとする点も、概念的でなく、よく消化されている。女性である作者はまたよく女性の心理生態をとらえている。一いに推すに選者間に異論はなかった。

①は島袋全発、②は松田賀哲、③は池宮秀意の評である。入選作は、そのように「気持のいい作品」「立派なものだ」「未完成の域を脱している」と評されているが、佳作はもちろん「ふるさ

と」に、創作募集でうたわれていた「新しい文学」の出現を告げるほどの清新さはなかった。「ふるさと」の引揚者と村民の齟齬、反発と屈従、「紅色の蟹」のレプラ軽症患者の離郷、そして同郷者との邂逅による歓喜と屈辱、「すみれ匂う」の帰還者たちの離別、屈服と破滅等は、沖縄戦という背景があって、そのような問題が突出してきたということはあっても、とりたててそこに「戦後的」であるといえるものが取り出されていたわけではなかった。それらは、新川が述べていたように「自然発生的なものであった」としかいえないだろうし、国吉真哲の「覚書」に見られるように「過渡的作品」であったという評がよりふさわしい。

『月刊タイムス』『うるま春秋』の懸賞小説は、国吉、新川等が評した通りであったが、両誌の文芸作品募集によって、多くの人たちが表現欲をかきたてられたことは間違いない。それは、応募作品の数にもあらわれている。池宮が「十年前、沖なわの新聞がそう作を募集した場合、成績発表が心配の種だった。発表すべき応募作品がなく、編集同人がペン・ネームで急いで書いてお茶を濁す場合が多かった」と書いているような事態に比べれば、「沖縄文学のルネッサンスを現出したような観を呈した」一つの時期であったというのも過褒の言ではない。そして仲村渠が「待望」で述べているように「われわれは近い将来に沖縄文学と称するに足る文学の登場を期待することが出来る」という感を深くいだかせもしたであろう。

2

大城立裕は「座談会　沖縄の戦後文学について（上）」（出席者・星雅彦、船越義彰、大城立裕、嘉陽安男、伊佐千尋、『沖縄公論』第四号、一九八一年）の席上、文学運動の盛り上がった時期に関して「四八年から五十年にかけて、その辺が戦後の第一次のピーク」であったと発言している。大城の発言は、同時期が「見方によっては沖縄文学のルネッサンスを現出したような観を呈した」というのと通じるものである。

『月刊タイムス』『うるま春秋』の創刊と文芸作品募集、その他『沖縄ヘラルド』『文芸サロン』等の刊行と文芸募集といった雑誌の登場と文芸作品の募集そして掲載は、確かに「沖縄文学のルネッサンスを現出したような観を呈した」といっていいだろうし、大城が指摘している通り「戦後の第一次のピーク」をなしたといえるが、そのような状況を現出させた諸雑誌の刊行も、やがて終息してしまう。

諸雑誌の消滅していった事情と、その果たした役割とについて「戦後の出版界」は、次のように述べている。

こういった新聞社経営の月刊雑誌はその後日本本土からの各種出版物が盛んに輸入されるよう

になって、一応過渡期における貴重な責任を果して後、一応自然消滅の運命となった。とはいえ、戦後の文化的空白時代にあって、これ等の雑誌が果した功績は高く評価さるべきであり、恐らくは将来の沖縄文学の発展に対する礎石的役割を果すであろうことは疑いを容れない。

『月刊タイムス』『うるま春秋』等の雑誌が、「過渡期における貴重な責任」を果したことは間違いないが、雑誌が「自然消滅」した後の文学は、どうなったのであろうか。「過渡的」「自然発生的」であった文学は、その後どのような進みゆきをしたのであろうか。

戦後十年の文学をふり返ってなされた「座談会　出発に際して—戦後沖縄文学の諸問題—」で、大城立裕は、次のように発言している。

沖縄の文学の自覚的な歩みが今始められたものとすれば、それには「琉大文学」の功績を是非云わねばならないだろうと思う。つまり「琉大文学」がはっきりした旗印を掲げてそれに基いて過去の作品や作家をも批判したことです。その旗印そのものが絶対に肯定出来るかという事は別問題として、確かに刺激する何物かがあったと云えるわけです。

大城は「自分の現状に対する反省」を『琉大文学』によって知らされたと前置きし、右のように述べていた。そこで大城は、『琉大文学』の「旗印」に対して同意する態度を保留しながらも「文学の自覚的な歩み」は『琉大文学』から始まったとしてその功績を認めている。同席していた太田も「戦後同人雑誌が雨後のタケノコのように出たり消えたりしたが、全部趣味的な雑誌で、文学を意識的に確立しようという意図はなかったように見うけられる」といい、「たしかに『琉大文学』はひとつのハッキリした意欲をもってきた。これは戦前にもあまり例がなかったのではないか」と大城の意見に続いて『琉大文学』に「戦後の新しい文学、つまり芸術性と傾向性をもった文学活動が期待できるのではないか」と発言していた。

『琉大文学』が、琉球大学の学生たちによって創刊されたのは一九五三年七月であった。『琉大文学』創刊と関わった新川は、大城、太田のあとを受け、「琉大文学の問題が出ましたけど、創刊号から八号あたりまで直接関係していた者として、簡単に説明しますと、琉大文学が一応はっきりした性格をもったのは第六号から」であるといい、第七号に掲載された川瀬信(川満信一)の「沖縄文学の課題」をとりあげ、そこで論じられた問題をまとめるかたちで「戦後の作家の私小説的態度、あるいは芸術至上主義的な、あるいは功利的商業主義等にはっきり抵抗することにより、植民地的な沖縄社会現実の真実の具体的な形象化を図ろうというのが、合言葉になった」と解説している。

『琉大文学』第六号は、創刊から丁度一年目の一九五四年七月に刊行されたが、それは、「自然発生的」であった「第一次のピーク」時の文学から大きく跳躍したものであっただけでなく、『琉大文学』自体の性格をも変えていった。その画期的な役割を果たしたのが新井晄（新川明）の「船越義彰試論―その私小説的態度と性格について―」、川瀬信の『塵境』論」二篇である。

新井、川瀬は、そこで先行作家たちを痛烈に批判した。そして七号では「特集・戦後沖縄文学の反省と課題」を組み、新川明が「戦後沖縄文学批判ノート― 新世代の希むものI」、川瀬信は「沖縄文学の課題」で、戦後沖縄文学の検討及び今後の問題を論じた。

また同号は、「戦後沖縄文学の反省と課題」として、八名にアンケートを求めているが、そこにみられる「反省」は、「安逸の夢」（船越義彰）をむさぼり、「痴夢的」（太田良博）であったといったものであり、「われわれの戦後文学には、再検討すべきなにものもないという、皮肉な反省であった」（大城立裕）といったものであった。そこから「課題」として「文学のために思想を練らなければならない」（大城）といった意見が出てくるが、「社会性」「思想性」「批評」を求める声は大城だけのものではなく、どのアンケートにも共通して見られるものである。

『琉大文学』は、新川を始め、多くの論者が指摘している通り、第六号から大きく変わり始める。そしてそれは、評論の分野で鮮明なかたちになっていったが、小説では、第七号に掲載された池沢聡（岡本恵徳）の「空疎な回想」、第十号に掲載された喜舎場順の「暗い花」等が注目された。前者はガードを、後者はハーニーを取上げ、それぞれに占領下にあって特殊な生活を強いられたものたちの苦渋を描いていた。

『琉大文学』第十六号、第二巻第六号（一九五八年）は「沖縄の現実と創作方法の諸問題」を掲載。それは夏期休暇で同人の清田政信、中里友豪が上京したのを機に、かつて同人で留学中であった岡本浩司（岡本恵徳）を司会に霜多正次、当間嗣光、新里恵二の三人を囲んで行われた「座談会」記録を編集したものである。そこで「空疎な回想」や「暗い花」などの作品に触れた発言がなされている。

喜舎場順の「暗い花」池沢聡の「ガード」（「空疎な回想」改題、『新日本文学』一九五五年九月号に転載）嶺井正の「伊江島」は文学態度としては、「戯画」（津野創一『養秀文芸』第二号）を上廻っている。新川明の評論と合わせて、それらの作品を検討していく所に新しい創作方法を見出す可能性はあると思う。

当間の発言であるが、彼はまた、『琉大文学』には「いい素質のある書き手」が出ているといい「総じて本土のそういう若い層に較べると、真面目で質も高い」とみている。霜多も、当間に同感だとし「兎に角沖縄の雑誌に掲載されている小説を読むと、こちらの同人雑誌の作品より数段いいと思う」と述べ、本土の同人雑誌をにぎわせているエロや、思わせぶりのニヒルに比べ「人間の

『生きる』という切実な問題と取り組んでいる点で、程度は高い」と評価した。

池沢の「空疎な回想」、喜舎場の「暗い花」は、霜多の指摘している通り、「人間の『生きる』という切実な問題」と取り組んだものであったと言えるであろう。ガードが撲殺されるのも、貧しい一家の娘が、ハーニーに転落せざるを得ないのも「『生きる』という切実な問題」と関わって出て来たものであり、彼等はそれを、それこそ「真面目」に描いていた。

霜多は、池沢や喜舎場等の創作態度を認めながらも「一般的に言うと、沖縄の作品の傾向は、植民地的現実に、人間がゆがめられることに対する抵抗が基調になっているけれども、そうしてこちらでも時々そういう作品は書かれるけれども、しかしそれだけに留っていると、問題が技術的なものに解消されてモタモタしてしまうんじゃないかと思う。／むろんそういうテーマは、文学的なテーマとしていいと思うんだが、それだけに留まるならば、日本文学になにか新しい要素をつけ加えるということにはならないんじゃないか。たとえば現実には、沖縄でのさまざまのたたかいが、日本や世界の民主的な斗いに大きな影響を与えている。文学でも日本文学に、沖縄でなければ生れえない新しい要素をつけ加える必要があると思うんです。／それにはやはり、苛酷な現実を『歌う』のではなしに、つまり個人的にうけとめるのではなくて、民族全体の運命として、その打開に積極的に進むということが必要ではないかと思いますね」と助言していた。

池沢や喜舎場の作品は、ガード個人、ハーニー個人の問題にとどまっていた。いわば、ガードやハーニーが、自己の落ち入った状況を切り開き、同業者たちを通じて組織化されていく所まで踏み込んでないという点に、モタつきを霜多はみていた。霜多の「個人的」ではなく「民族全体」へという要求は、言うまでもなく『琉大文学』の意識的な文学変革に共振するものがあったからに他ならない。「座談会」は、『琉大文学』の真摯な文学的態度への共感、そして創作態度の深化を要望したものであった。霜多や当間がそのような要望をしたのもその可能性を『琉大文学』同人に認めていたからであろう。

東京にいた霜多や当間らは、戦後の沖縄文学に注目し、よく読んでいた。それは『琉大文学』と『養秀文芸』との比較、『沖縄文学』に掲載された作品を取り上げているところに現れている。当間の評はそのことをよく示す一つであるが、当間は『沖縄文学』第二号（一九五七年十一月）に発表された大城立裕の「二世」に触れて「『二世』はいい問題を扱っていると思う。テーマの追求にも真剣さがあって、これはぜひ書き続けて欲しい作品だ」と発言していた。

「二世」を掲載した『沖縄文学』は、『琉大文学』が「多分に排他主義的な色が濃かった」という反省に立って「いわゆる既成の作家たちとも連携して、幅の広い文学活動をしたいという意味から、『琉大文学』の会員ならびにそこから出た者たちによって『沖縄文学の会』の結束をよびかけ」（新川「座談会　出発に際して」前掲）出発したものである。同会は、出発にあたって「〝沖縄文学の会〟創立趣意書」を出しているが、それは次のような文面からなっている。

長期に亙って侵略戦争を続けてきた日本帝国の軍国主義が敗退して以来十年余、我々の故里沖縄は祖国ときりはなされたまゝ、独り苦しい歩みを続けてきた。

祖国においては再び民主主義的文学運動が建て直され、堅実な歩みをすゝめて着々その成果をあげつゝあるが、沖縄の現状を顧みたとき、我々は沖縄の文学的空白が余りにも長く、そして大きいのを悲しまずにはおれない。これまでそこに、幾つかの文学運動の芽生えはあり、試みはみられたが、それが中途で挫折したことは戦後十年の歴史が示す通りである。そこで我々は、沖縄における巾広い層を結集して、十年の文学的空白をとりかえす仕事を始めなければならないことを痛感し、こゝに新しい文学的出発を始める。

この出発の時期は余りにもおそすぎたかも知れないが、今こそ我々は、我々の現実を直視し、広く大衆の中に基盤をおき、その生活的現実、文化的欲求の真実の表現者として自らをきたえ、遺された沖縄の独特の民族文化、ひいては日本文化の遺産の誤りない継承発展に努め、加えて先進民主主義諸国の文学芸術より学ぶことによって真に民主主義的、真に芸術的文学の創造と、我々の芸術文化の高く正しい発展のために全力をつくしたい。

「〝沖縄文学の会〟創立趣意書」は、さらにその後で、戦前から文学活動をしていた人々を始め、戦後になって文学的出発をした人々の糾合を呼びかけ、「沖縄だけに限らず祖国の進歩的文学団体と絶えずつながりを保ち、その刺激をうけつゝ活動の成果をより充実」したものにしたいと述べ、「沖縄の全ての階層の真実に生き、また生きたいと希んでいる人々の協力と援助を切望」しているると結んでいる。

『沖縄文学』の創刊号が出たのは一九五六年六月である。創刊号は、「出発に際して＝戦後沖縄文学の諸問題＝」と銘うった「座談会」を行ない、「戦後十年の文学」を検討することから始めていた。第一巻第二号では池田和の「かわいた土」と大城立裕の「二世」を掲載した。前者は、土地闘争を背景に職場の問題を取り扱ったもので、後者は、海外移民二世が、祖父母の地に兵士としてやってきて戦わなければならない苦悩を描いたものであった。

大城の「二世」は、当間が指摘していたように「いい問題」を扱っていた。沖縄は、明治以来数多くの海外移民を送り出した地であった。彼等の多くは、移民地を永住の地として渡っていったわけでなく、一時の出稼ぎ地として考え、故郷に錦を飾って帰るつもりでいた。が、それがかなわず、彼等の多くは、それぞれの移民地に落着いてしまったのであり、彼等の息子たちは、戦争が始まると、連合軍に加わり、祖父母の地にやってきたのである。移民者の一つの悲劇がそこにみられたし、戦争のもう一つの悲劇がそこに写し取られていた。

池田の「かわいた土」は、先祖来々営々と耕やし続けてきたわずかな土地を奪われるという、占領下の過酷な統治によってひき起こされた事態と、そのような植民地主義的支配に順応してしまっている上司の卑屈さとの相克という、戦後沖縄を取り巻く出口なしの状況をとりあげ描こうとしたものであった。

「若いエネルギー」の結集、そして「真の民主主義的、真に芸術的文学の創造」を目ざし、出発・創刊された『沖縄文学』は、第一巻第二号を出して終わってしまう。その短命さは、雑誌同人が旗幟を一つにしてなかったというようなことだけによるのでもなく、また雑誌を刊行する資金を集めるのが困難であったというようなことによるのでもなく、過酷な政治の季節が始まりつつあったことによる終刊であったと見ることができる。

『琉大文学』が「はっきりした性格」を打ち出した頃から『沖縄文学』の創刊、そして終刊へと続く五四年から五七年までの時期は、沖縄の戦後文学の一つの高揚期であったと言えるが、その期を代表する作品として霜多正次の「沖縄島」があった。

思えば五四年から五六年の琉大文学の歩みは、本土の民主々義文学の砦「新日本文学」を目ざしたものだったが、その「新日本文学」に拠っていた郷土出身作家霜多正次の「沖縄島」が、いま本土出版ジャーナリズムは勿論、各面から多大の賞賛をうけて、「毎日文化賞」を受賞、沖縄からようやく本格的な作家が誕生したことを証したことはわたしたちにとってこの上もない力強い励しとなっている。

新川明の「文学者の『主体的出発』ということ—大城立裕氏らの批判に応える—」(『沖縄文学』第一巻第二号)と題されたエッセーにみられる一文である。同エッセーは、大城立裕らの『琉大文学』批判に対する反批判で、そこには、『琉大文学』の五四年から五六年にかけての文学的立場と、同雑誌の変転の経緯が書かれていた。その中で新川は、右のように『琉大文学』(五四年~五六年)の目ざしたものと、霜多正次の登場とを喜ぶ言葉を述べていた。

霜多の「沖縄島」は、一九五六年六月から翌五七年六月まで『新日本文学』に連載されたもので、霜多は作品の狙いについて「潜在主権は日本にあるが、実際はアメリカの占領下にあること、かつて薩摩と中国との中間にあって、中途半端な存在であったと同様で、こうした島の宿命」「長崎・広島の原爆による被害に劣らぬ沖縄の被害のひどさ」「アメリカの軍政の実態」の三点をあげ、「以上の三点を郷土の人に代って訴えたい」と述べているという(岡本恵徳「沖縄島」論、前掲書所収)。

「沖縄島」は、敗戦直後から基地化が進行していく苦難の時代を背景に、旧日本兵、教育者、政治家、闇商人、組織活動家等のそれぞれのあがきを交錯させて描いたもので、「登場人物の二、三の例外はあるが、そのほとんどの人間的な掘り下げがわりに浅い」という欠点を持ちながら「沖縄の歴史的・社会的な特殊性や民族性というものを、統一的な視野で包括的に描いて成功している」と評された（新川明「座談会　主題としての『沖縄』」『沖縄文学』第一巻第二号）。

霜多が、沖縄を扱った作品を『新日本文学』等に発表するのは、五〇年代に入ってすぐである。「沖縄」（一九五二年『新日本文学』）、「孤島の人々」（一九五四年『新日本文学』）、「軍作業」（同年同誌）、「宣誓書」（一九五五年『文学芸術』）等、強制的な土地接収で放り出されていく人々、琉球中央政府立法院という政府機関に属する役人たちの卑屈な自己保身と無能さ、軍作業に従事する人々の日常を描いた作品を次々と発表していく。「沖縄島」は、それらを包括しようとした作品であった。その後霜多は「軍雇用員」（一九五七年『文学界』）、「重い時間」（一九六〇年『文学界』）、「虜囚の哭」（一九六一年『文学界』）といったような沖縄をテーマにした作品を発表していく。

「軍雇用員」は、人権を無視した不当な軍作業のあり方に目覚めながら、生活のためにおしつぶされていく姿を描き、「虜囚の哭」は、日本兵の沖縄人蔑視によって生じた沖縄戦における悲劇を描いたもので、それ等の作品もまた、霜多が「郷土の人に代って訴えたい」という熱情によって書かれていた。

霜多の登場、そして「沖縄島」の発表と第十一回毎日出版文化賞の受賞は、確かに、沖縄で文学するものに「この上もない力強い励まし」を与えたが、『沖縄文学』消滅後の沖縄の文学は、その様相を少しずつ変えていく。その変化は、他でもなく新川明等のぬけた『琉大文学』によくあらわれていく。

創作方法の問題について私達がいだいている悩みというのは、例えばこういうことなんです。霜多さんの「沖縄島」のような方法が、僕達としても、正しいいき方ではないか、と思うんです。しかし、そういう方法を僕達がとった場合は、沖縄という状況にもたれかかった、記事的な、感動のうすいものとなるおそれがでてくる。そこに、理論としてのリアリズムを理解しているつもりでも、作品との関連で困る場合があるわけです。

一九五七年十一月『沖縄文学』第一巻第二号に掲載された新川のエッセー及び「座談会」発言から、一年後の、一九五八年十二月に発刊された『琉大文学』第二巻第六号（第十六号）に掲載された霜多を囲んで行なわれた「座談会」記事にみられる清田政信の発言である。清田はそこで、霜多の方法を正しいとしながら、しかしそのような方法は、状況にもたれかかるような安易な創作方法で、そこからは文学的な感動など生まれようがないのではないか、と疑問をさしはさんだのである。それは、直接的には霜多への問いかけであったが、間接的には、新川らの文学的立場への疑問を内包したものであったし、それがやがて鮮明なかたちをとってあらわれてくることになる。

一九五四年から五六年にかけての『琉大文学』のあり方への批判は、大城立裕、池田和らの同人外の人たちによってなされたが、そのような批判を受けて、内部でも反省する姿勢があらわれてくるようになる。しかし、その直接的な要因は、大城らの批判にあったのではなく、もっと大きな外圧と関わっていた。

『琉大文学』第二巻第一号（一九五六年三月）の発売禁止、そして五六年六月に入って「プライス勧告反対」「四原則貫徹」等をスローガンにして「革命前夜の昂奮もかくやと思わせるばかり」（『琉球新報』五六年六月二六日）の住民大会、「アメ公帰れ」「土地強盗はやめよ」「伊佐浜を忘れるな」「裏切者は葬れ」「死んでも土地は売らない」等のプラカードを持って「琉大女子寮前から那覇高校までのデモ行進」（『琉球新報』五六年七月二九日）等でもりあがっていく琉大学生会の運動は、琉大への援助打切り、バージャー首席民政官の責任者の処分を検討せよという琉大理事会への圧力を呼ぶことになり、学生処分問題へと発展、琉球大学理事会及び学長は「本学の存立を危くし、いわゆる四原則運動を逸脱して中部地区住民に大きな苦痛と不安を与え本学の信用を失墜」（『沖縄タイムス』五六年八月十八日）させたとして、六名を除籍、一人に謹慎を命じた。『琉大文学』の主要メンバーが、そのことによって停退学処分を受けるという事態が起こり、『琉大文学』は休刊状態に追い込まれていく。

二巻一号の発売禁止、主要メンバーの停退学によって、『琉大文学』が大きな打撃を受けたことは間違いない。そしてそれはまた文学する姿勢への必然的な反省をも生み出していった。

ぎますすむの「承け継がれた負債――私たちの誤は何処にあったか」（第二巻第三号、一九五七年十月）と「前号のエッセーをめぐって」（第二巻第四号、同年十二月）、さらには、いれい・たかしの『壊疽』の部分を設定し、撃て」（第二巻第八号、一九五九年十二月）等、そこから生まれてきたものであり、あらたなる出発への模索をしたエッセーであった。

鹿野政直は、両者のエッセーを読み解き、次のように書く。

儀間の立場と伊礼の立場を同一視することは、もとよりできない。みずからを国家にとっての「壊疽」たらしめようとした伊礼は、政治的にはるかにラジカルである。にもかかわらず両者は、自己の凝視から主体の再構築へとめざす点で、共通分母でくくられるべき特質をもっていた。主体にこだわり抜くことが、弾圧ないし敗北のあとの再出発にとって、必須の作業との共通の認識が生れてきているのである。

鹿野の「『否《ノン》』の文学―『琉大文学』の航跡」（『戦後沖縄の思想像』所収、一九八七年）は、『琉大文学』を初めて本格的に論じたものであり、本稿も多く同論によっているが、鹿野は、新川、川満らの後を受けた儀間、伊礼らの文学態度について右のようにまとめ、その儀間、伊礼の「共通分母でくくられるべき特質」である「主体の再構築」という認識があって書かれた小説作品として、中里友豪の「木遺歌の記憶」(第二巻第三号)をあげ「いかにつらくとも敗北を直視し、そうした敗北の内的条件をえぐりだすことによって、初めて真の再出発が可能になるという認識の、それは作品化にほかならなかった」と指摘していた。そして、儀間、伊礼、中里らの「主体性への回帰」という「特徴の出現は『琉大文学』の歴史にとって、一つの時期の終焉であり、新しい時期の開幕であった」と見ている。

『琉大文学』の変容について触れたのに、清田政信がいる。清田は「《詩論の試みⅧ》オブジェへの転身」(第三巻第一号、一九六一年)で、新川、川満らから儀間らへ、そして中里、清田らへと「漸次ちがいを明確にしてきた」歩みを書き、また同号の座談会「沖縄における文学と政治の状況」の中では、「僕自身自分の文学した過程を振り返った場合、彼等の線をひきずっていったのか、受けつがれ発展したかどうかは別にして、それを受け続《(ママ)》いているのが、伊礼君や友豪(中里)君だと大ざっぱに言えるんじゃないかと思う」と発言していた。清田のエッセーと、座談会発言にみられるように、五四年から五六年までの『琉大文学』の文学的態度、方法は、伊礼、中里らに及んでいるが、しかし、そこにはまた「ちがい」が明らかになりつつあるものがあった。そしてその違いは、清田以後鮮明になっていく。

儀間、伊礼、中里らは、確かに『琉大文学』五四年から五六年までの影を強く負っていた。彼等はそこから「主体の再構築」「主体への回帰」をめざして歩み始めた。そして彼等の文学は、

『琉大文学』における「一つの時期の終焉」を意味し、「新しい時期の開幕」を告げるものであった。その開幕を告げたのは、清田であったと言えるであろう。

鹿野は、「『否《ノン》の文学』を論じ終わるにあたって、儀間、伊礼、中里らの後の文学についても触れていた。鹿野によれば、その後の『琉大文学』は、「二極分解しつつ進行」していったとされ、その「一つの極は詩と評論の分野であって、清田政信がそれを代表する」といい、「いま一つは小説の分野であって、城原啓司『眩暈』(二巻一〇号)、田中有『廃港で』、池宮城秀一『出合いの時』(以上三巻三号)、譜久村勝男『断続した線』(三巻四号)、池宮城秀一『記憶の裁断』(三巻六号)などが、それを代表する」という。前者は、「主題における日常性の拒否、方法における具体性の拒否、理念における政治とのかかわりの拒否」というかたちをとり、後者は「女体に安息を求める風景の諸相を描きだし、前者とは逆に、日常性・具体性への埋没を、いわば意志的に行おうとする」かたちをとっているといい、「これら二つの路線は、実存的に生きかつ表現する途を求めた点で共通する要素をもちつつも、一方が極限性・象徴性へ、他方が日常性・具体性へと分化していったことをおおいがたい」と整理している。

戦後沖縄の文学が、激しくかわり始めていく様が、そこには見られるし、『琉大文学』同人たちの一つの高揚期が去り、分散していく同人たちの孤独の相が見えている。

3

「沖縄は文学不毛の地か」という刺激的な言葉で、「紙上座談会」が行なわれたのは『新沖縄文学』創刊号においてであった。

沖縄タイムスは、一九六六年四月、「『芸術選賞』の文学部門の一つとして、年四回発刊する予定で」『新沖縄文学』を創刊するが、その創刊にあたって、「沖縄は文学不毛の地か」と問うた「紙上座談会」を行なったのである。それは「紙上」と付してあるように、一同が集まって話し合うというのではなく、「アンケートによる方法」をとったもので、「沖縄の特殊性と文学（イ、風土、ロ、歴史、ハ、地理の三点から）」「過去の政治、経済、文化のつながり」「地方性（離島）と沖縄の文学」「先輩作家の活動と挫折」「作家の輩出について」「戦争文学について」「沖縄文学のめざす方向とはどんなものか」の七項目にわたって池田和、嘉陽安男、矢野野暮、船越義彰の四名に答えさせたものである。「紙上座談会」は、刺激的な表題のわりに、活発な応酬が見られないのは、アンケートという形式によったためであろう。

創刊号を、「文学不毛」を問うことから始めたのは、無論、文学を活発にしようとする意図があってのことであるが、全体に「文学不毛」の感がおおいがたくなっていたからであろう。沖縄における「文学不毛」については、すでにその前から話題にのぼっていたのである。

『琉大文学』第三巻第一号（一九六一年十二月、第二一号）は、「沖縄における文学と政治の状況」と題した「座談会」（出席者　伊礼孝、大湾雅常、清田政信、東風平恵典、嶺井正、司会松原伸彦）を行なっているが、それは、司会の次のような発言から始まっていた。

表題に〝沖縄における文学と政治の状況〟というのを掲げてありますが、それは一応〝仮題〟として、例えば、昨年の十・二〇事件、今年の五・一七事件と云う政治的な事件を境として、この琉大文学が事実上停刊の状態にあると、それを更に広げて見ても現在の沖縄における文学は不毛の状態にあるのではないかと思える訳なんです。そこで、この様な状態に陥入ったのは、五六年頃の土地斗争の過程に於ける文学者の生き方という所から問題点が引き出せるんじゃないだろうか、そう云う地点から、状況と文学の問題迄発展させていきたいと思います。

「不毛の状態」にある文学をどう活性化するかを意図して行なわれたこの「座談会」も、議論の応酬の激しさに関わらず、焦点が拡散して収拾のつかないものとなっている。

沖縄の文学が「不毛」の状態にあるという見方は、そのように六一年にすでにあらわれていたが、六一年のそれと、六六年のそれとでは、しかし大きなへだたりがあった。六一年のそれは、「五六年頃の土地斗争」という問題と関わっていたし、政治と文学との関係によって「不毛」性を検討しようとしたものであった。それに対し、六六年のそれは、「沖縄の特殊性」という問題を前面に出し、風土と文学との関係で「不毛」性の打開を考えようとしたものであった。

六〇年代に入って、そのように沖縄の文学の「不毛」性が論じられるようになったのは、もち論、すぐれた作品の発表が見られなくなったということもあろうが、それよりも、沖縄の解放闘争がかつての「革命前夜の昂奮もかくやと思わせるばかり」の熱気を失ってしまったように、文学の目標も拡散していったことと関係していよう。

占領支配、植民地的統治への反抗という直接的な対決のあり方から、祖国復帰というかたちでの異民族支配に対する抗議は、確かに大衆の動員数は高めたが、少なくとも主体としての沖縄のあり方の、そのボルテージ度は低めてしまった。そして、やがて運動そのものも混迷を深めていく中で、文学「不毛」論もあらわれてきたとみることが出来る。

『新沖縄文学』の創刊は、政治的な混迷を深める中で、どうすれば沖縄の主体性を確立できるかといった問いを秘めていた。「沖縄は文学不毛の地か」という刺激的な表題による「紙上座談会」は、平凡なものになってしまったとは言え、アンケートの最初に、「沖縄の特殊性と文学」を出し、風土、歴史、地理の三点から迫ってもらおうとしたのは、沖縄であること、沖縄でなければならない文学を論じて欲しかったことによっていたであろう。それは他でもなく、主体としての沖縄の表現を求めようとしたことにある。

沖縄での文学活動の一つとして、幾度か同人雑誌が発刊されたが、そのどれもが長続きするに至らなかった。同人たちの情熱はあっても経済力がともなわなかったり、あるいはどうにか会費で維持しても、途中で息切れしてグループ活動そのものが中絶してしまったりしたからであった。そんなことから「沖縄では文学は育たないものか」と嘆かれもしたが、こんど「新沖縄文学」春季特集号の作品を募集したところ、各分野にわたって多くの作品が集まったことは心強い。

『新沖縄文学』創刊号の「編集後記」に見られる言葉である。編集子は、そこで過去の文学活動の状況をふりかえって、「沖縄では文学は育たないものか」と嘆かれたのは、長続きしない雑誌の刊行という問題があったからであると指摘する。それは他でもなく、言葉をかえてなされた長続きする雑誌の刊行宣言であった。

編集子は、募集に応じて「多くの作品が集まったことは心強い」と雑誌創刊の手応えを記していたが、そこには単に作品が多く集まっただけでなく、新聞連載小説などに手腕を発揮した嘉陽安男の「捕虜」などがあったことによるであろう。「捕虜」は、「砂島捕虜収容所」（第二号、六六年七月）、「虜愁」（第三号、同年九月）と書きつがれていく捕虜連作の最初を飾ったもので、ハワイに送られ、砂島収容所に入れられた捕虜たちの生活を描いたものであった。

嘉陽は、「大城（立裕）、嘉陽（安男）さんを第一期生、渡久地春子さん、山田みどり（仲地米子）さん、亀谷千鶴子さんたちを第二期生と呼んでいる」と、船越義彰が「座談会　沖縄の戦後文学について（上）」で話しているように、戦後いち早く登場してきた作家の一人であった。捕虜連作の後、「雨だれ洞心中」（第九号、六八年五月）等を発表、沖縄戦を素材にした作品を最も多く発表した作家である。

『新沖縄文学』は、船越のいう「第一期生」たちによってその初期は嚮導されたと言えるが、その中でも、大城立裕の存在は大きなものであった。

大城は、創刊号に戯曲「山がひらける頃」、二号に「亀甲墓」、三号に「逆光の中で」を発表。二号に掲載された「亀甲墓」は、「実験方言をもつある風土記」として、敵軍の上陸とやがて全島が砲弾に包まれていく時期の一寒村の一家を描いたもので、沖縄の文学の一つの道すじを示したものであった。そして、第四号（六七年二月）に発表した「カクテル・パーティー」で一躍脚光を浴びることになる。

「カクテル・パーティー」は、第五十七回芥川賞を受賞した。『新沖縄文学』に掲載された作品の芥川賞受賞は、「沖縄は文学不毛の地か」といい、「沖縄では文学は育たないものか」といった嘆きを一蹴し、文学するものたちに「この上もない力強い励まし」を与えたものであった。

お互いがどういうものであるかを知らず、同一語の使用を通して親善というかたちで結びついていた関係が、誘拐、強姦という事件を契機に、それが「仮面」の関係であったことをあばき出していく「アメリカ軍の統治という状況下での、沖縄人の精神のドラマ」(鹿野政直「異化・同化・自立――大城立裕の文学と思想」前掲書所収)を描いた作品は、沖縄の文学に目を向けさせた大きな功績を持つものであった。

鹿野は、「カクテル・パーティー」の芥川賞受賞を、冷静に「一九六七年という時点を考えるとき、銓衡委員会の念頭に、政治的焦点の一つとしての沖縄問題が、影をおとしていなかったとはいえないだろう」とみる。もちろん、それは、鹿野が、作品を「時事性ゆえに受賞した」と見たというのではなく、銓衡委員の選評を通し、そこに「沖縄の影」を認めざるを得ないと気付いたことによるが、そこから興味ある見解を、次のように披瀝していた。

そういうこだわりを、それぞれ内心深く蓄えつつ、委員たちは、文学的自律性を唯一の基準とする意識をもって、銓衡に当り、結果として「カクテル・パーティー」を選択した。同時にその選択は、委員たちがそのこだわりからみずからを解きはなとうと努めたにもかかわらず、情勢が人びとに及ぼす拘束性から、彼らも完全には自由でありえなかったことを示している。何びとも呑みこんでやまぬ時代の規定性、歴史の怖ろしさが、そこにある。情勢ゆえに大城の作品が選ばれたというのでなく、沖縄の地位のあれほどの政治問題化がなければ、本土の文士たちの眼がはたして沖縄に及んだかを、わたしは疑うのである。

鹿野が照らし出した問題は、「カクテル・パーティー」だけに関わるものではないであろう。霜多正次の「沖縄島」の場合にも、さらには東峰夫の「オキナワの少年」（第六六回芥川賞受賞，一九七一年）の場合にもあてはまらないとは言えない。それぞれに土地強制接収反対闘争、そして復帰運動という「沖縄の地位」の大きな「政治問題化」がその背景にあったからである。

沖縄の文学の一つの不幸なかたちが、そこにはかいま見られるのであるが、作者たちが沖縄を生き、描く限りその不幸を生きる他ないであろう。

3　戦後・八重山「文芸復興」期の動向

1

一九五二年十月十四日付『八重山毎日新聞』は、「日本文壇に　南哲氏カンバック　アナタハン女王バチ脚本で　近く故郷と訣別東京へ」の見出しで、次のような記事と談話を出している。

沖縄かく紙で健筆をふるい読書界をにぎわせている伊波南哲氏はかねて「アナタハン女王バチとして全世界にけん伝されている比嘉和子さん演劇脚本化に就て近親しやの宮里富三氏から執筆を依頼され渡日の機会を待機中であったが昨十三日「渡日準備して至急来覇されたい」との入電が同氏にあった。足かけ七年の郷里生活に訣別空路東京へ立つ。

伊波南哲氏談・私は足かけ七年八重山に帰省ペンを絶つて心にもない生活を続けてきた。そのため酒で自分の淋しさをまぎらしたこと幾年か。神は決して自分を見捨てなかつたと思う。
幸運が来て東京に行つたら中央文壇にカンバック琉球のために大いに活躍したいと思う。

記事の「沖縄かく紙で健筆をふるい読書界をにぎわせている伊波南哲氏」というのと、伊波の「足かけ七年八重山に帰省ペンを絶つて心にもない生活を続けてきた」という談話とは大きく食い違い・ズレている。伊波が、記事に見られるとおり健筆を振るっていたことは当時の新聞、雑誌を見れば明らかである。それを、伊波は何故、ペンを絶っていたというような言い方をしたのであろうか。

伊波が、八重山での執筆活動にあきたらず、一刻もはやく東京に出たかったであろうことは、「アナタハンの女王」に飛びついたことに現れている。彼は常に「中央文壇」を夢見ていた。記事と談話との食い違いは、そこに発していたといっていい。

彼が「アナタハンの女王」に飛びついたのを、「南島の大詩人である伊波南哲が、その〝アナタハン島の女王〟にかかわり合うということは大変だ、やめてくれ」と〝友情ある説得〟をしたのもいた。[1] しかし「ロマンチックにならんといかん」として伊波は〝アナタハン島の女王〟を連れて東京に行ってしまう。

伊波には東京に出る動機が欲しかった。「アナタハン島の女王」は、その機会をあたえたばかりか、大変な話題をもって「中央文壇にカンバック」できるという、伊波にすればそれはまさに「神は決して自分を見捨てなかつたと思う」ような幸運であった。

伊波は、「夢を見て」いたといえるが、その顛末については、ここでの問題ではない。伊波の離郷・上京がどのような形のものであれ大きな事件であったことは、十四日付の記事を含め、その後の同紙の記事を追ってみるだけでわかる。

伊波が、八重山を離れるという記事・談話が出ると十月十八日にはさっそく、夏林健吉の「伊波さん」が出た。夏林のそれは、当時の伊波の姿をいかんなく伝えるものであることからその全文を引いておくことにする。

▲伊波さんは東京へ帰るという
口を開けば「東京ではこうであつた……」「東京では……」と東京をれん発した伊波さんが東京へ帰るという
ほほえましく淋しく涙ぐましい話ではないか
小さな南の島から鷲の鳥の夢を抱いて再びヤマトへ飛び立とうというのだ
▲伊波さんは自由人であつた　常人の常識の中には生きていなかつた
だから酒盃を傾ければ高歌大笑し駘蕩たり辛辣たりであつた(彼はこうした)(彼は屁をひつた)

と人の尻ばかりかぎ廻つているれん中はくそ食えと思つていたのだろう
△伊波さんが演壇に立つて政党を讃えた時は正直に僕は悲しかつた
「夏雲」の伝吉が食う為に土方の走り使いになつた様なものだつたのだろう
詩人でもカスミばかりを食つて生きるわけにはいかなかつたのである
人間伊波の苦しみがそこにあつた
△さい生（犀星）が「故里は遠きにありて想うもの……」とうたつた様に現実の故里は伊波さんに苦しかつたに違いない
詩人はやはり「遠き都にありて故里を想う」様にできているのであろうか
▲戦いの苦しみ悲しみ漸く忘れられようとしている日本で琉球の真実な叫びを訴え愛と平和の歌を高らかにうたつてもらいたいのである伊波さん
伊波さんの黒くすんだ美しい瞳をわすれない
清く美しい詩人の魂を疑わない
僕達は東京の空からやがて聞えてくるであろう「故里の詩」を待つている

夏林は、伊波が「常人の常識の中には生きていなかつた」ことに触れると同時に、「演壇に立つて政党を讃えた」伊波についても触れていた。それは、自由人にも世俗とつながった一面があったことを語るものとなっているが、夏林はそれを伊波の新聞連載小説「夏雲」の主人公を思い浮かべるかたちで述べていた。

一九五二年九月十日から翌五三年一月十二日まで、一一八回に渡って『沖縄タイムス』紙に連載された小説について大城立裕は「『夏雲』は、正直いって私の性分にはあわない。なにしろ自慢話が多すぎるのである。沖縄の新文化開拓をひとりでやったような気概にみちている」といい、続けて「自慢話といえば伊波普猷が『鷲の鳥』について書いた文章にも、この詩がじつは、南島の詩人が他日大日本の文壇に雄飛する有様を予言したものではなかろうか、と書いたあとで、この詩人とは自分のことだと伊波南哲が名乗り出たということを付記している（『古琉球』）。この臆面もないところが、どうやら南哲さんの面目であるらしいのだが、多少オーバーな気味があるにしても、由来沖縄人がひっこみ思案だとされる平均にくらべると、どれほどか沖縄をリードするだけのものを認めるべきかも知れない」[2]と書いているが、それも伊波が、「常人の常識の中には生きていなかつた」ことの証左といえないこともない。

伊波の上京を伝える記事の後にすぐ夏林の伊波頌が掲載されたのは、伊波の活躍がそれだけ目立っていたことによっていたが、十月十九日の記事はその一端を教えてくれるものとなっている。

「南哲氏　よい子らに最後の童話」の見出しになる記事は次の通りである。

渡日準備に忙しい伊波南哲氏は昨日高校で講演。午後は琉米会館で開かれた童話会にのぞみよい子たちに最後の童話「ゆうれい城の探検」をはなむけ。昨夜は新聞協会主催の送別会に招かれ参会者百名余に達し近頃にない盛宴であった

伊波と童話との結びつきについては、冨村和史が「南哲さんと八重山童話協会」で書いている。それによると冨村の呼びかけで、一九四九年四月八重山童話協会を結成、会長を伊波、副会長に『子供新聞』を編集兼発行していた古藤実富を据え、「童話の研究と実演童話を主とし、毎週土・日、学校の教室や校庭、お嶽の境内等、各所を巡って童話会を開催した」ばかりでなく、「童話コンクールや、偉人の少年時代を語る童話大会もして子供達、父兄一般の心を沸き立たせた」という。また機関童話誌『青い鳥』を発刊し、「童話研究、口演童話、幼児童話、創作、子供達の作文や詩」を掲載。『青い鳥』は、読み物に飢えていた子供たちを始め大人たちに「砂漠でオアシス」のような役割を果たしたという。冨村が、「八重山童話協会といい、『青い鳥』の出版といい、南哲さんが大黒柱となって活躍されたからこそ出来たもので、子供達は勿論、父兄一般から絶大な感謝と賞賛を浴びていた」[3]と述べているように、伊波と童話会の結びつきも強かった。

十九日の記事は、講演、童話会と忙しく最後の日々を送っている伊波を報じるとともに、送別会が開かれたことを伝えている。その様子を二十一日付の新聞は「まれにみる大盛宴　南哲氏を送る会」の見出しで次のように伝えている。

新聞協会主催の「伊波南哲氏を送る会」は去る十八日夜七時半から平和食堂で開催され予定定員を突破百名余に達し主催者側にうれしい悲鳴をあげさせ「詩人伊波」の送途を祝するに近年稀にみる大盛宴で森田孫輔　玻座真里芳　潮平　石垣長泰諸氏の語る「伊波の思い出」でにぎわった

また同日の新聞は

○日本東北の詩人高村光太郎氏東京へ引揚南国の詩人伊波南哲氏も東京へ
○地方に疎開していた文化財が続々日本の中央に集る　さびしくなるか地方文化
○伊波南哲氏夫人の作る一汁一菜に古里の味をしみじみかみしめている
○古里の空　海の青さ乳房のような山々をそつと抱きしめて彼は東京で暮すだろう

と「ジープ」欄で扱い、八重山新聞協会は、「御礼」を次のように出している。

御　礼

去る十八日夜平和食堂で開かれた本協会主催の「伊波南哲氏を送る会」はおかげさまをもつて予想外の大盛況をもつて終ることができましたことを御出席者各位に対して厚く御礼を申し上げます

八重山新聞協会

御出席者各位

十月二十二日の「港」欄は「若葉丸本日入港　黒糖百丁貝がら三百袋　海人草三百袋　伊波南哲　新垣警察署長　篠原光次郎　大浜孫章　糸洲学務課主事　西石垣正行　山城親助氏ら上沖」と伝えている。そして、十月二十五日には「古里よさらば　伊波氏きのう立つ　本紙読者が『かりゆし』の歌寄す」の見出しで、次のような記事を出している。

上京を急ぐ伊波南哲氏は昨若葉で発つたが那覇から空路で東京へ飛ぶ　出発に先立ち昨日花米お神酒など飾りカリユシに忙しい自宅でしんみり次のように語つた——

――竹盛氏は「伊波さんかりゆしの歌を本社に託し同氏の壮途を祝つている

いよいよ去るとなると感無量だ　私は高校生にも話したが――の植物のうちで最――ダンである　素朴な植物ではあるが一たび洗練されて都会に出るとパナマとなりしん士の頭をかざる　これは示唆的植物だと思つている　アダンにはトゲがあつてそのトゲにさされてもなおかつ私はアダンを愛している　これが私の限りなき愛郷の精神である　又いつの日か古里の人――（傍線部は新聞紙の欠損により不明）。

『八重山毎日新聞』は、そのように、伊波南哲が、八重山を離れていく様子を逐次報じていた。伊波の離郷はそれだけ大事件だったのである。記者が、どれほど意識していたか知らないが、伊波の離郷は、八重山の一つの時代の終わりを告げるようなものでもあったのである。

2

石島英文は、伊波南哲が、疎開先の九州小倉から引き揚げてきて郷里の石垣で「終戦直後の五、六年だけ」生活していた時代を回想して次のように書いていた。[4]

そのとき南哲や私どもが築きあげた文化活動こそは、戦後八重山に於ける第一次文芸復興ともいうべきものであった。そこには沖縄本島においてさえもみられなかった活発なる創作活動が、文学に演劇に、そして音楽にと華開き、島の民衆文化はまさに百花繚乱と咲き誇ったのであった。

ちなみにその頃の文芸誌だけをひろいあげてみても、村山秀雄（現八重山毎日新聞社長）の主宰する月刊雑誌『八重山文化』をはじめ、古藤実富の『八重山子供新聞』、冨村致祐の童話雑誌『青い鳥』などが出、私もまた『若い人』と題する雑誌を出版して八重山文化推進の一翼を担ったのであった。

とりわけ南哲は、これらの文芸雑誌の常連の執筆者となり、詩に小説に随筆にと健筆をふるって万丈の気焔をあげていた。しかもその活動は演劇にも及んでいた。明治末期に八重山の土地を守るために時の奈良原県知事らと渡り合った上江洲村長をテーマにした「上江洲村長」を執筆し、これを島の劇場で上演したり、また当時島の「万世館」で興行中だった翁長一座のために脚本「牢屋大浜ぬ主」を書いたりしたが、なかなかの評判であった。

南哲がこの時期に活躍したのは、わずか五、六年のことであったが、その期における他の活動に及した影響は大きく、また南哲自からもこの期間に得たものは大きかったはずである。

伊波が、敗戦直後、八重山でいかに目立った活動をしたかはここに語られている通りである。彼は石島が書いているように「文芸雑誌の常連の執筆者となり、詩に小説に随筆にと健筆をふるって万丈の気焔をあげていた」のである。

その伊波を中心とした文化活動を石島は「戦後八重山に於ける第一次文芸復興ともいうべきものであった」としている。それは石島だけの思い込みではない。「一九四七年（昭・二二）から一九五〇年（昭・二五）までには、新聞、雑誌等の定期刊行物が雨後の筍の子のように誕生し、『文化の花盛り』を思わせた」[5]といったような記述、また、「終戦五ケ年における新聞と雑誌の歩みは、（中略）目覚しいものがあり、量において全琉随一の活字文化の黄金時代を築きあげたことであろうが、質において果してほこり得たであろうか」[6]といったように表現の質に関しては疑問を投じながらも、その時期が「活字文化の黄金時代を築きあげた」ことには疑いがないとする論述からも明らかなように、石島の言葉は決して過去を持ち上げたものではなかった。

敗戦直後、どうしてそのような活動が八重山で可能だったのか。

南風原英育はその著『南の島の新聞人――資料にみるその変遷』[7]の中で、「戦後の八重山は、戦争中の反動か、雨後の竹の子みたいに十指を越す新聞、雑誌が続出し空前の文芸ルネッサンスを築き上げた」といい、その十指を越す新聞・雑誌名を並べあげたあとで、「何故このように終戦直後の八重山が文芸復興を招いたのか」と問い、「考えられることは、1八重山の民衆が、戦後の混乱から立ち直ろうと新しい文化の創造を求めていたこと、2戦時中、抑圧されていた意識が、解放感も手伝い一気に噴出した事、3日本本土や、台湾をはじめ海外から八重山出身の文士、文学愛好者が帰還してきて復興の担い手として活動したこと、4戦時中の反省として、民衆の側に立ったジャーナリズムへの渇望が急速に高まったこと。そして好条件として、5沖縄本島が戦災で活字や印刷機が破壊消失したのに対し、八重山では防空壕の中や、土中に埋めてあった活字や、退避させてあった印刷機が戦火を免れて残っていたこと等が挙げられよう」と指摘していた。

また門奈直樹は、『沖縄言論統制史』[8]の中で、八重山の歴史をたどり、その〝島流しの場〟〝文字を忘れた島〟が、大正年間に「沖縄本島以外の島々のなかで、まっさきに新聞を発行した」ことについて触れたあとで、次のように述べていた。

こうした民衆の情念は敗戦後にも受け継がれ、沖縄本島でいまだ商業新聞が発行されていなかったときでさえも、八重山ではすでに『南琉タイムス』や『海南時報』『自由民報』『先島新報』などの数種のコミュニティ・ペーパーが発行されていた。また雑誌でも『八重山文化』が一九四六年七月一〇日、わずか三二頁の分量ではあったが、村山秀雄氏や大浜信光氏などによって発行されていた。
もちろん、これらの事実には、この島が沖縄本島にくらべてほとんど戦禍を受けず、したがって戦前の印刷機や活字が、そのまま温存されていたという事情もあろう。そしてそれは、占領統治者の特別な配慮にもよるだろうが、同時に〝文字を忘れた島〟としての歴史をもつ、八重山住民の活字に対する意識の高さにもよっていた。

門奈があげている新聞『南琉タイムス』は一九四六年五月九日（同年八月『八重山タイムス』と改題）、『海南時報』が四六年一月二十三日「通巻第一一四号を以て五ケ月ぶりに再刊」、『自由民報』が四八年七月二十四日、『先島新報』が四九年七月二日に創刊されているが、その他に喜友名があげていた『八重山子供新聞』の四六年十二月一日創刊があったし、さらに『南西新報』が一九四七年九月二十六日、『婦人新聞』一九四八年八月一日、『先島新聞』一九四九年七月二日、『南琉日日新聞』一九五〇年三月十五日創刊といったように数多くの新聞が発刊されていた。雑誌類も『八重山文化』の他に、やはり喜友名があげていた『青い鳥』（一九四九年九月十七日創刊）、『若い人』（一九四九年十一月二十八日創刊）があったし、さらに『民友』（一九四六年四月創刊）、『南の星』（一九四八年七月創刊）、『新世代』（一九四八年十二月二十四日創刊）、『あゆみ』（一九五〇年八月一日創刊）、『みどり』（一九五〇年三月一日創刊）等があった。

敗戦後の八重山群島の人口は四三、九八六人。[9] それだけの人口でよくこれだけの新聞、雑誌の発刊を支えていたというのは、奇跡に近い。それはまさに、文化の花が一挙に開いたといった様相を呈したはずである。

敗戦直後の八重山における「文芸復興」は、確かに南風原や門奈が指摘していたことによっているであろうが、その中で門奈が指摘していた「占領統治者の特別な配慮にもよるだろう」というのは、一体何を意味しているのだろう。

門奈のそれは前後の文脈からいって言論の統制、検閲と関わっている。

米国海軍軍政府布告第二号・戦時刑法の第二条は禁固及罰金に関する条項となっているが、その二四項は「わが軍政府米国政府又は其の連合国政府に敵意を含み有害不尊なる又は敵に有利なる印刷物及書類を刊行又は配付する者、或は刊行配付せしむる者又は刊行配付せんが為に其等のものを所持する者」となっていた。それが、布告第八号・一般警察に関する規定第三条新聞及び印刷物に関する規定の第一項になると「許可なき新聞の発行及印刷物の禁止」として「軍政府の許可証なき新聞、雑誌、書籍、小冊子又は書状の発行及印刷を禁ず。斯る許可証は特定期間又は継続期間に対して与えらるるものにして、軍政府に於て其期間及条件を決定したる上之を発給す可し」とされ、第四条の集会及び集合に関する第一項の禁止さるべき集会及集合は「如何なる者も戸内又は戸外を問わず許可証を与えられざる公衆の集会、演劇、活動写真又は他の演芸興行、或は一般集会及集合又は行列及示威行動を企画し、或は之に出席すべからず。斯る許可証は特定期間又は継続期間に対して与えらるるものにして軍政府に於て其期間及条件を決定したる上之を発給す可し」とあり、第二項の軍政府士官の集会解散権では「許可証を発給せられたる如何なる集会と雖も我軍政府の士官は如何なる集会、興行、集合及行列に対しても之に中止又は停止を命じ総ての出席者に解散を要求する事を得、此の場合総ての出席者は直ちに其の命令に服従すべし」とうたっていた[10]。

米国海軍軍政府はそのように新聞、印刷物、集会、演劇、活動写真にかんする統制をしいたのであるが、それが、八重山ではゆるやかであったということなのであろう。

門奈が指摘していたように八重山では、本当に「占領統治者の特別な配慮」があったのだろうか。それを明確にする資料になるものとして「一九四八年一九四九年　出版許可控綴　資料課」がある。その中から、伊波が会長を務めていた八重山童話協会の機関雑誌『青い鳥』の「出版許可申請書」と関わるものを抜き出してみると次のようになっている。

出版許可申請書

一、第号　　童話研究　青い鳥

二、著作の種類　　童話の研究

三、著作者の氏名及住所

石垣市字石垣八〇番地

発行兼編集人　冨村致佑

四、発行所の名称及住所

八重山童話協会

石垣市字大川二〇七番地八重山児童文化連盟内

五、印刷所の名称及所在地

富川印刷所

石垣市字登野城二番地

六、発行年月日及発行回数

許可後毎月一回

右の通り発行致したいと思いますから米国海軍軍政府布告第八号によりこの旨申請致します。

一九四九年八月一日

発行兼編集人

石垣市字石垣八〇番地

冨村致佑　致佑印

八重山知事

吉野高善殿

そのように知事宛に提出された「出版許可申請書」を受けて資料課は、次のような上申書を作成している。

左案通り八重山列島先任軍政官宛

上申して良いですか

官第五〇八号　案

一九四九年八月十二日

知事名

八重山列島先任軍政官宛

出版許可申請に就て

石垣市字石垣八拾番地

冨村致佑

右の者から別紙の通り青い鳥と題し出版許可申請がありましたので調査致しました処八重山童話協会に於て研究された童話を編集せるものにして許可されても支障無いものと思料されますので許可下さる様お願ひ致します

そして資料課を通して、申請者への通知がなされる。

左案通り認可通知をして良いですか

部長第九一七号

年　月　日

部長名

冨村致佑宛

出版許可申請認可に就て

一九四九年八月一日申請された第号

(青い鳥）の出版許可申請の件

右の通り認可なりましたから通知致します

記

出版許可申請認可の件
「認可す」
一九四九年八月十二日
八重山列島先任軍政官
クレイド・ピー・ベネット

申請から許可まで、十四、五日しか費やしてないのは、随分と早く事が処理されていた証左と見ることができるであろう。『青い島』のようなかたちがごく普通であったとすれば、布告第八号・一般警察に関する規定第三条新聞及び印刷物に関する規定は、それほど厳格なものではなかったといっていい。なかには「検閲の実施」[11]の指令が出ているものや、申請者に対する「身元調査」[12]の下命、さらには「民主主義的平和八重山建設途上になる今日軍国主義的仇討或は武者修業等の如きは断然排撃すべきものなり／尚連合国情報教育部長デヴイツトコンド氏の十三項目に亘る劇映画禁止条項を発表して民主主義的製作を積極的に促進して居る趣旨にも悖るものにして許可致難し」[13]として興行を許可されなかったのもなかったわけではないし、また、発行にあたっての留意すべき点を添えた認可[14]等もみられはした。

八重山における出版許可申請認可がどの程度緩やかであったかは、沖縄本島における同種のものとの比較をして見なければならないが、八重山では、確かに数多くの出版物の刊行が認可されたことは間違いない。しかし、出版の認可は、すべての表現の認可であったわけではない。

一九四九年二月十八日起案になる与那国署長宛「与那国新聞発刊許可に就いて」の文書をみると、そこに「標記の件に関し大仲氏より出版許可申請中のところ一九四九年二月九日グローバー少佐より許可されました旨通知就而指令第二号其の他の布告及び共産主義思想等を考慮の上貴署に於て検閲を実施して貰い度い／尚発刊毎に七部完納本が要りますので確実に送付する様通達して貰い度い」といったような文面があることからも推測されるように、出版のあとには検閲がまちかまえていたのである。

検閲に関して南風原は、「一九四九年七月二十八日軍政官ベネット氏は、新聞・雑誌各社代表を集め『出版物の検閲』について発表、そのなかで軍指令第二号に明示されている記事に関しては事前に検閲を行う、と言明した。軍指令第二号は一九四八年二月一八日指令されたもので、不当記事とは次のとおりである。(A)米国政府職員またはその代表者の氏名を掲載すること。(B)軍政府職員の誰により公開せる陳述を引用、または敷衍すること。(C)軍政府の政策、事業、または目的を非難、またはこれに対し批判を加えること。(D)軍政府を代表し、且つその指示に従う民政府官吏の不当なる批判。／なお軍政府は検閲に当たり〈これは飽くまで『言論の自由』という原則に心をよせ、且つ公正なる占領統御の維持に必要なる場合にのみ行われ、検閲に対する警察部の決定に対する不服及び訴えは喜んで迎える所なり〉と追加言明した」と書いていた。

ベネット軍政官が「出版物の検閲」についてを発表して以来「校正刷りのゲラを見てもらい、ＯＫのサインが無ければ新聞は発行出来なくなった。ところが、ゲラを提出すればいいという訳ではなかった。記事全般について根ほり葉ほり聞かれた」という。また「日本本土の場合、検閲開始一年後の一九四六年暮れには事後検閲に移行、徐々に緩和され一九四九年には新聞の検閲は廃止されている。沖縄ではその後暫く続けられ、事後検閲として八重山では毎日、発行紙面の各頁にわたり見出しを英文に翻訳して提出、二部ずつ納本を義務づけられていた」という。

ベネットが「出版物の検閲」について発表したのは一九四九年七月二十八日であったと南風原は書いていたが、それ以前には検閲がなかったというわけではない。新聞の見出しを英文に邦訳して提出することは、それ以前からなされていた。

一九四九年一月十六日付『八重山タイムス』[15]を見ると新聞記事のみだしを訳した次のような英文の添付が見られる。

ENGRISH SUMMARY OF THE YAEYAMA TIMES 16 JANUARY 1949
1 PRESIDENT MOTAKUTO REQUEST EIGHT CLASES OF THE TERM OF PEACE
2 GENERAL ATTAC ILL RECIEPT THE TURN OF PEACE

3 MR RABBET HAVE A INTERVIEW WITH DELEGATION OF EACH SOUTH EUROPEAN CONIEIER

4 DISPATCH OF IMPRT EXPORT DELEGATION OF JAPAN

5 CHINESE COMMUNIST TROOPS ENTER PEIPING CITY

6 JAPAN TENNO IS WAR CRIME?

7 EXPORT OF T‾ PLATE OF AMERIKA

8 REPATRIATION TOO JAPAN

9 MILITARY GOV'T PROCLAMATION NO,33

10 NAGATA CACE

11 A DANGER ZONE TORISHIMA

12 NEW FILMS COME TO WELFERE SECTION,YPG

13 LECTURING MEETING "HOW USE THE SPO____"

14 A CASE OF SUICIDE BY HANGING OF OLD WOMEN

15 SUPPLY OF TRACHOMA'S MEDICAL TREATEMENT MEDICINE TO EACH SCHOOLS

16 THE CEREMONY OF PURIFYING A POST OFFICE BUILDING SITE

記事見出しの英訳を添付して提出する検閲制度は、新聞だけでなく、雑誌にも及んだ。雑誌の検閲が、五〇年になってもまだ続いていたことは、喜友名英文が編集発行していた『若い人』から明らかである。

『若い人』[16]一九五〇年三月号を見ると、「SECRET ROOM OF TOKYO」（大河内伍一「東京の機密室」）、「HOW TO WRITE A POEM」（伊波南哲「詩の作り方」）、「COMBINATION IS NOT MARRIAGE」（ダビマトコーン原文　エス　オウ生訳「結合は結婚にあらず」）、「A HEROINE ON SHAKESPEARIAN DRAMA」（「シエークスピア劇中の女性」）といったように、エッセーの題をいちいち英訳し添付して提出している。

占領者たちは、そのように出版に関する統制、及び記事に関わる検閲を行っていた。そしてそのような統制、検閲下で、八重山は異常な出版ブームを現出したのである。その原因の一端を、門奈は「占領統治者の特別な配慮にもよるだろう」と指摘していた。確かにそれもあったであろうし、また南風原が指摘していたような敗戦直後の混乱が開放感を与えたこともあるであろうが、忘れてはならないこととして、八重山が一種の独立国的な様相を呈したということもあったのではなかろうか。日本でもない、沖縄でもない、八重山そのものといった一国の感じが澎湃として沸き起こったことがあったたことも大きな要因をなしたようにみえる。

太田静男によれば、「宮良長詳会長、宮城信範、吉野高善副会長を選出し、ここに日本では例を見ない自治会という名の人民政府、あるいは人よんで『八重山共和国』が誕生した」のが一九四五年十二月十五日。その「八重山共和国」の誕生から「一週間後の十二月二三日、軍政施行のため米軍が進駐して来た。米軍は民意によって首長を選出し八重山市庁再建を指示」。一九四六年一月十五日、八重山市庁開庁式。「八重山共和国」は、「誕生から一週間でその使命を終えた」。三月「米国海軍々政府南西諸島南部南西諸島命令第一号『南部南西諸島の居住民に告ぐ』が公布され、南部南西諸島すなわち先島群島の沖縄本島からの行政権の分離が確定」、一九四七年一月二十四日、八重山市庁は「八重山仮市庁と改称し、二八日には機構の改革がなされた。八重山市庁会議は八重山郡会議に改称された。八重山仮市庁はさらに三月二一日八重山政府と改称され」一九五二年琉球政府が設置されるまで、八重山政府の形態が続いていく。[17]

米軍の圧力によって、戦後いち早く発足した「八重山共和国」を目指した自治会はわずか一週間で解体され、その後を受けて開庁した八重山市庁、そして沖縄本島からの行政権分離にともなって改称設立された八重山政府も、やがて沖縄・琉球政府に吸収されていくことになるが、一九四五年から五二年までのその間、八重山は一国の感じがあったことは否めない。

その独立国、一国感が文化の高揚を生んだことは間違いない。さらにまた八重山には、門奈が指摘していたような「活字に対する意識の高さ」といった表現伝統とでもいえるものがあった。節歌の数々を生んだ歌の国詩の国といった遠い過去のことを持ち出すまでもなく、大正末から昭和初期にかけて刊行されていた『SEVEN』[18]の時代等があった。そして、大正期の表現活動が、岩崎卓爾のような外来者によって活発になっていったごとく、敗戦直後は、帰郷者たち、とりわけ伊波南哲を始めとする帰還者たちが、表現・出版活動を触発し、活発にしたといったことがあったことも間違いない。

3

敗戦直後の八重山の文化活動は、何を目指したのであろうか。

戦後いち早く創刊された『八重山文化』の「創刊の辞」をみると、その一に「すべての人の心を、心の奥底からゆすぶつた今次敗戦の峻厳なる体験は、これまでの凡ゆるものに対する我々の一切の感情を根底から改変した。我々はふた丶び過去の究明と、現実の凝視と、将来への透視とを未曾有の実験課題として与へられた」ということ、その二に「誤れる従来の文化観を一掃し、生活余剰の文化を排撃し健実なる農漁村文化を建設せねばならぬ秋に際会した。政治を倫理化し、政治を文化化し自然を基盤とした文化、自然の中に浸透した真実の地方文化を建設せねばならない」ということ、その三に「未曾有の悲運を背負はされた八重山を如何なる楽土に建設するか」といったことが述べられていた。

「過去の究明」「現実の凝視」「将来への透視」「健実なる農漁村文化の建設」「真実の地方文化の建設」「楽土の建設」といったことが、そこには並べられていたが、それを簡単に要約すれば、過去の価値観を一掃し、地方文化の高揚を目ざすべきであるということになろう。

『八重山文化』は、創刊号で「読者文芸募集」の広告を出していた。それは次のようなものであった。

読者文芸募集

散つて甲斐ある命なりせば……と同じ意味のことしか歌ふ能のなかった現代の青年は、思想的に余りにも貧困してゐる。

澎湃として起る『新八重山文化建設』の声――生ける町、活動の町、明るい町をみんなで造つて行かう。

左記に依りどしく〱御投稿下さい

1、生活記録

親を逝かせ、子を失ふ、夫は未だに帰らず、収入の道はない、苦境の中にも雄々しく立ち上つてゐる。その記録

2、論説

もろ〳〵の感懐、なるべく明るく建設的なもの
3、小篇
小説風な経路でもつて書かれた「明るい話」
4、随筆、民謡、詩、短歌、句
5、読者の声、編集上の御希望、読後感等。
▼紙上匿名は可、撰は編集委員会でいたします
八重山文芸協会

八重山の敗戦直後の文化活動が何を求めたか、ここに明らかである。彼らがそこで求めたのは戦争の悲劇や、その後の混乱を直視したものではなかった。というより、戦争によって生じた諸々の惨状の表現ではなかった。「親を逝かせ、子を失ふ、夫は未だに帰らず、収入の道はない」といった状況を現出させた、その原因がどこにあったのかといった追求や反省と関わるような表現でもなければ、ましてや、そのことの責任を問うべき表現でもなかった。

そのような原因や責任を追求した表現への期待が、まったく念頭になかったとはいえないが、より強く求められたのは「雄々しく立ち上」がるその記録であり、「明るく建設的」な論であり、「明るい話」であった。

そしてそのような、「苦境の中にも雄々しく立ち上つてゐる」記録や、「明るく建設的」な論説や、「明るい話」からなる小編をといった八重山文化協会の要望に答えて現れてきたのが、大浜信光の戯曲「むいあっこん」[19]であり、谷蔵三の「引揚者」[20]であり、伊波南哲の「残波岬」[21]等であったといっていい。

4

『旬刊　南琉』[22]は、一九五〇年八月、通巻四十四号で「八重山文芸のすがた」と題した編集部篇になるエッセーを掲載している。編集部はそこで、戦時下における文学活動が息の根を止められたことから書きおこし「終戦—言論出版の自由を、解放されるや地方へ疎開していった人々によって、地方文化育成の声がほうはいとして起り、今日見る出版文化の興隆に伴い、いろいろの文学の出現をみた」といい、戦後文学の混沌に触れたあとで、「我が郷土の文学街道を行く作家たちは何を思い何を考え、何をなして来たのであろうか、そしてこれから何をして行こうというのか」と問い、「次に諸家の終戦後における活動をまとめ、ささやかなこの島の金字塔に飾るのも有意義であり、愉快なことではないか」として、創作・戯曲、劇評、鑑賞評論、詩、短歌、俳句、童謡・童話の順に各ジャンルで活躍している作家たちをあげ、その活動を概観していた。
「創作・戯曲」の項は、次のようになっている。

創作、ギ曲

伊波南哲　大浜信光　葦間冽　由奈向夫　美里英子　浜住男　丘和美　亀井ソウ　外

大浜信光＝戯曲「むいあつこん」は戦後住民がマラリアと戦いながら　つぶさになめた生活苦を描いた記録ブン学といえよう　翁長座で脚色上演され　世に問題を投げた郷土史実に取材した「オヤケアカハチホンガワラ」の戯曲も翁長座や大川青年団によって脚光をあびた

葦間冽＝帰還後名蔵開墾に取材した「引揚者」（一九四六年）を発表　つゝいて「人間の壁」（一九四八年）「花いまだ落ちず」未完（一九四九年）「疎開」未完（一九五〇年）を発表した将来に期待のもてる唯一の作家

伊波南哲＝「宿酔」（ふつかよい）「琉球の海」「残波岬」在京時代「ドラの憂鬱」を始め十余種の著書を持つ長いブン筆生活の同氏のブン運を祈つて止まない

由奈向夫＝文化社の第一回文芸作品懸賞募集に「飢餓」をもってデビュー　頭のよさとそのたくましい筆致は将来に大きな期待がかけれる

中田一広＝女だけの家

浜住男＝人間復興

美里英子＝おけいさん

丘和美＝由子の告白

以上いずれもブン化社のブン芸募集に応募して拾われた新人で美里、丘の両氏は将来に期待の持てる女流作家となろう

創作・戯曲の項の真先にあげられている伊波は、引揚者であった。そして「将来に期待のもてる唯一の作家」と言われた葦間も台湾からの引揚者であった。大浜は、戦前からその名を知られた人であった。彼等は、いわゆる戦前派と呼んでいい表現者たちであった。そのことからして八重山の「文芸復興」は、引揚者と戦前派の作家たちに負っていたといっていい。

新人たちの登場をうながしたのは、八重山文化社の文芸作品募集である。新人発掘のために八重山文化社が「五千円懸賞第一回　文芸作品募集」の広告を出したのは『八重山文化』一九四九年十二月号である。

本誌創刊以来満三年四ケ月、新春を迎えて第五巻第一号（通巻三十八号）を重ねます。戦後南溟の地に一つの灯をかゝげ、至難な雑誌経営をつゞけて来たのでありますが、こゝに本誌は

一つの足跡として、毎年定期的に「文芸作品懸賞募集」をし、やゝもすれば暗く低迷しがちな現実の生活に清新な気風を注入し、一つには世に埋れた作家の発見と、地方文化の向上に寄与せんとす。南琉におけるこの画期的な第一回文芸作品懸賞募集に奮つて応募されんことを。

五千円懸賞
第一回　文芸作品募集

本年度規定
　A　創作
　B　脚本
（時代、現代を問わず、四百字詰原稿用紙使用のこと。自作の原稿紙も可。今回は枚数を制限せず）
1締切　一九五〇年一月三十一日　発表三月一日
2発表　「八重山文化」誌上
3賞金

AB共入選第一位（一人各千五百円）第二位（一人）各一千円
副賞　八重山知事賞　文教部長賞
4選考委員（順不同）大浜信光　伊波南哲　高宮広雄　大浜英祐　本誌編集部
5著作権。上演権は本社に帰属す
6原稿は返戻せず
7筆名は自由。住所氏名は明記のこと
石垣市字登野城七五
八重山文化社

第一回懸賞文芸作品の結果は五〇年二月号に発表された。応募作品は十八篇。「編集部の予想をくつがえ」すほどの盛況ぶりであったが、入選作品はなく、創作で由奈向夫の「飢餓」、美里英子の「戦災者のメロデ」、脚本で中田一広の「女だけの家」が選外佳作に選ばれた。

選考委員の一人高宮広雄は「総じて、いずれも叙述が平面的でここはと思うところを、力を入れなかったり、こんなところはと思うところをずる〲と書いていて文章や筋を散漫にしているように思った」と評したあとで「これから書く機会が多くなるとだんだんなれていいものが出るだろう。それがたのしみだ」と期待の弁を添えていた。また編集部も、十八篇の応募作は「水準にはなお遠いものがあったとはいえ、いずれも砕心鏤骨の涙ぐましい作品であった」とその努力を賛し、「こんとんとした現実の世相の中に文学ととつくんで行こうとする多数の作家を発見したことだけでも大きな収穫」であったとして、企画が無意味でなかったことを喜んだ。『八重山文化』の第一回懸賞作品募集は、入選作を出すにいたらなかったが、新しい書き手たちを掘り起こした。

敗戦後の四〇年代は、「八重山の文芸のすがた」の「小説・戯曲」の項でも取り上げられ、また「詩」でも「人も知る我が郷土の生んだ琉球の詩人で、琉球詩壇の双璧をなした八重山の至宝」と紹介された大浜信光、伊波南哲、「短歌」で「八重山歌壇の重鎮」として紹介された喜友名英文、阿佐野広、「俳句」で「南西諸島における俳壇の双璧」として紹介された真喜屋牧也、古藤雅童といった表現者たちが活躍したが、彼等は、戦前から活動していた人たちである。

五〇年になると、戦前派の作家たちに文芸作品募集によって登場した新人たちが加わって、八重山文芸界も変化のきざしが現れていた。「八重山の文芸のすがた」の筆者は、新旧両者の活動状況を概観し、「以上ざっと展望してきたがどの部面をのぞいてもどの作品をみつめてもほとんどが郷土からわれわれの生活している身辺から取材されている。その発表機関が、郷土に可細く灯をとぼす雑誌や新聞によるのであるが、海外からとうとうと押し寄せてくる商業資本雑誌新聞（これも一つの画一独占か）に抗すべくもなく圧倒され、破滅の危機に追いつめられている状態である／美しい伝統と独特の個性をもつた地方色は年々影をひそめて行くが、こうした作家たちの、発表機関である雑誌新聞を失うことは、地方文学の衰亡も意味する。ブン学のみならず、映画も、音楽も、演劇等はいうまでもなく政治、経済、産業、教育の凡ゆるブン化が、中央集権的、都市第一主義的に組織され、統制画一されて来たのであつた。なんでも中央都市のものがすぐれていると思う追随、模倣、モダン化の考え方、根性を粉砕しない限りみなが自覚し目ざめない限り、真実で堅実な地方ブン化が興るはずはない。一例を歌謡にとると、今日の青年に歌われているのは映画やレコードで流れてきた都会の頽廃とセンチと、低俗と虚無の歌謡でパーマネントと同じように山間僻地の隅々にまでしみこんでいるのだから驚く。新時代の民謡が勃興し、地方色のある、明るい歌謡が生れて来なければならない。ＮＨＫによって独占された放送事業が解体されて、各地方で新しい放送局が設けられたということも個性のある豊かな地方色を（作）ろうというのに外ならない／地方文化を創造推進して行く作家や機関設備を援助し、育成に努める制度も政治面で考えられるべきであろう。それで始めて外国の地方地方に栄えているような異色あり、表情のある美しいインデイヴイデユアリテイのあるわれ〳〵の念願する琉球文学がおこり琉球文化が生れてくるであろう」と締め括っている。

編集部記者は、戦後八重山文学の鳥瞰図を作り、その総括を試みていた。そこから聞こえてくるのは、決して明るい声ではない。五〇年には、早くも地方文化は破滅の危機にさらされていたことがひしひしと伝わってくる。編集部記者が「八重山文学」「八重山文化」といわず「琉球文学」「琉球文化」という言い方をしている所にも、それは端的に現れていたといえようが、『八重山文化』を『旬刊　南琉』と改題した時、「八重山」は捨て去られたかに見える。

前年の一九四九年一月六日付『南西新報』はその「回顧と展望」で、「昨年中の文化活動は目ざましいものであつた。／出版界、体育界、芸能、演劇展示会、講演会、講習会と目まぐるしいほどの活動をつゞけて、それぞれ相当の成果をあげたのであつた。これらはいずれも文化―自覚的なそして創意的な活動であつて具体的にわが八重山文化陣の健在を示すものであった。／このよろこぶべき傾向は、一九四九年をむかえていよいよ深化発展することが予想される。まづ雑誌界では八重山文化と新世代の発展が期待される。編集子の独創的な構想とその良心的で仕事熱心な編集ぶりが物をいうだろう。たのしみである」と書いていた。

「回顧と展望」に、具体的にこれといったことが書かれているわけではないが、少なくとも「八重山文化」という言葉はまだ生き生きと使われていた。それが、五〇年の「八重山文芸のすがた」になると、「琉球文化」に変化する。その変化は、敗戦直後の荒廃と混乱が解消されたことや、情報網が整備されて国内的、国際的な状況の見通しが出来るようになったこと等によっていたであろうが、それが、皮肉にも熱く燃え立った時代に幕を引いたともいえるのである。

敗戦直後の八重山は、雑誌『八重山文化』を始めとし、数多くの新聞・雑誌類の発刊によってまさしく「文芸復興」と呼ぶにふさわしい時代を現出させた。それがやがて終息するのは、「八重山文芸のすがた」の筆者が指摘していたような状況の出現、そして『八重山文化』の廃刊と関わる証言にみられる琉球海運の先島航路開設といった状況の変化にもあった[23]。しかし、それ以上にその終息・衰退に拍車をかけたのは、八重山政府の解体、すなわち独立が幻想であったことへの失望・落胆、さらには、伊波南哲の上京が示していたように、「粉砕」しなければ駄目だと強調した「中央都市のもの」に引き寄せられていくという、リーダーの出郷[24]といった皮肉な事態の出来にもあったのである。

〈注〉

1 川平朝申「南哲さんを偲ぶ」(三木健編集『南島の情熱――伊波南哲の人と文学』所収)
2 大城立裕「誇り高き万年青年」三木編集前掲書所収
3 冨村和史「南哲さんと八重山童話協会」三木編集前掲書所収
4 石島英文「民俗的ロマン詩人――南哲の詩と文学について――」三木編集前掲書所収
5 桃原用永『戦後の八重山歴史』「Ⅲ米軍政下の八重山」の章

6　鳩美武「新聞と雑誌の歩み」『新八重山博覧会記念誌』（八重山民政府発行）所収
7　「第三章戦後の再生」の「そして戦後……雨後の竹の子」の項
8　「第一章占領初期の言論統制」の「5米軍統制下での新聞の創刊」の項
9　琉球政府文教局『琉球史料　第四集　社会編1　自一九四五年至一九五五年』「一人口問題(1)人口動態」の項
10　琉球政府文教局『琉球史料　第二集　政治編2　自一九四五年至一九五五年』「司法・警察」の項。沖縄朝日新聞社編集『沖縄大観』「第四部　法令編」の項
11　「一九四九年二月十八日起案」文書
12　一九四九年四月四日付「下地一秋身元調査復命」
13　「一九四八年五月十八日起案」文書
14　一九四八年十月二十五日付「48年10月18日『刊行物申請』に対する回答」に「南島の発刊は認可する但し発行者並びに編集者は、戦前に於て同名の優秀なる世評を博した本のやうに高級な歴史学的、考古学的研究にのみ立脚して発行しなければならない」という、英訳文が見られる。
15　16　琉球大学付属図書館蔵
17　大田静男『八重山戦後史』「八重山自治会結成」の項他。升田武宗『八重山共和国八日間の夢』
18　大正十五年四月発行。編集兼発行人白浜冷夢。第二集まではガリ版刷。昭和二年五月十五日発行『セヴン』第一年第一号は活版で編集兼発行人岩崎卓爾。昭和二年九月一日発行。第三年第三号も活版で編集兼発行人岩崎卓爾は同じだが、雑誌名は『せぶん』と仮名表記になっている。

19　『八重山文化』一九四六年八月号
20　『八重山文化』一九四七年二月号、三月号、四月号。「葦間冽＝帰還後名蔵開墾に取材した「引揚者」（一九四六年）を発表」と「八重山の文芸のすがた」にあるのをみると谷蔵三は、葦間冽のもう一つのペンネームであったようである。「一九四六年」は記憶違いであろう。
21　『八重山文化』一九五〇年新年号
22　『八重山文化』改題。『八重山文化』は一九五〇年二月号第五巻第二号まで刊行し、三月、四月、五月と休刊したあと一九五〇年六月一日号から『旬刊　南琉』に改題して刊行したようである。
23　村山秀雄「戦後〝文芸復興期〟覚え書き――郷土月刊誌「八重山文化」の思い出を中心に――」（『青い海』春季号一九七五年ＮＯ41「特集八重山―歴史の旅」）
24　一九五一年十二月九日付『南琉タイムス』に「お別れのことば」として古藤実富が「八重山群島の皆様」にあてて書いた「ぐん島の皆様、長い間ほんとうにお世話になりました。此の度家庭の事情で皆様とお別れしなければならなくなった事を悲しく思ひます」とはじまる文がみられる。古藤は、伊波らとともに詩や短歌や随筆、小説等を発表するとともに「『子供新聞』を出版して児童文学に力を注」（伊波南哲「八重山文化の全盛時代――終戦直後の体験を通して――」『八重山文化』第四号所収）いだ「文芸復興」期のリーダーの一人である。

尚、本稿は文部省科学研究費（平成六年度より三年間）による「沖縄県八重山総合調査」（研究代表武者英二）の成果の一部である。

◆コラム◆日本語文学の周縁から

―沖縄文学・一九九九年〜二〇〇三年

一九九九年から二〇〇三年にかけてといってもいいし、20世紀末から21世紀初頭にかけてとより大きな構えをとってもいいかと思うが、いずれにせよ、その四、五年の間に、改めて「沖縄文学」への注目度がたかまったばかりでなく、大切な発言が相次いで見られた。

それを今、時系列的に見ていくと、一九九九年四月には、情況出版部編集になる一冊『沖縄を読む』のなかに収められた山里勝己の「南のざわめき・他者の眼差し　沖縄文学の可能性」があった。

山里はそこで島尾敏雄の「ヤポネシアと琉球弧」で言及されている「ざわめき」に触発されて、ヤポネシアという概念が「脱中心的、多文化主義的な衝動を秘めた」ものであったと説き、大城立裕、新川明、川満信一、岡本恵徳、米須興文らの論考に眼を向け、「彼等の文章には、文化の多様性を志向し、自らの文化的アイデンティティに対するしなやかで強靭なこだわりの姿勢が鮮明に表現されていた」と指摘していた。

戦後の言論界をリードしてきた表現者たちにみられる共通性を取りだしてみせた導入部に続けて山里は、本論で、沖縄の近代小説から大城立裕の「カクテル・パーティー」、東峰夫の「オキナワの少年」、又吉栄喜の「豚の報い」、池上永一の「バガージマヌパナス」といった現代の文学までの道程を「周縁性」「アイデンティティ」「他者性」「土着言語」を鍵語にして通観したあと、「沖縄の小説の中に潜在してきた言語の衝動と、それと表裏一体をなす言語の不安は、さまざまな実験をかさねた後、いまようやくある種のバランスを獲得しつつあるように見える。それはまた、沖縄の文化が『復帰』後に形成してきた新しいアイデンティティと密接に関連するものであろう。自らの他者性を、負の価値を付与されたものではなく、メトロポリスやモノカルチャーにも盲目的に支配されることなく、逆にそれが多様な文学表現の創造に寄与する力を持つものであると認識すること。沖縄の文学はいまこのような地点に到達しているような気がする」という。

そして、「沖縄文化」が「消費の対象になっているのではないかという批判」があることを了解したうえで、「文化の異質性、あるいはそこから生じる違和感は容易には消滅しないだろう」といい、結語ともいうべきかたちで「そのような異質性と違和感は、揺れ続けてやまない沖縄のアイデンティティの性格そのものをも暗示する。あるいは、沖縄の文学は、このような揺れ続ける自己のアイデンティティを見つめる中から生まれてきた、と言ったほうが真実に近いかも知れない」と続け、「このような『ゆれ』こそが、沖縄の文学が単一の眼差しに固定されず、多様な文化の豊かさに向けられた他者の眼差しを可能にしたのではなかったか。そのような開放（＝解放）感と、多様性の豊饒さを示唆するものとして、沖縄の文学が南からのシグナルを送り続けることを期待したいのである」と結んでいた。

山里の簡潔な近代以降の沖縄文学の概観及び沖縄文学の可能性についての発言は、翌二〇〇〇年に刊行されるマイク・モラスキー、スティーブ・ラブソン編になる『Southern Exposure』への自作（「The Silver Motorcycle」）の英訳掲載にあたって、沖縄の表現を再考する機会を持ったことと関係していたといっていいかと思うが、山里の指摘する「ゆれ」が、沖縄の文学の一つの特質になっていることは間違いないであろう。

二〇〇一年には、「新沖縄文学賞」の選考で、「九年間」沖縄の文学と関わってきた三枝和子が、「沖縄の書き手たち　『新沖縄文学賞』の選考を通じて」（『ユリイカ』二〇〇一年八月号）を発表していた。三枝はそこで「沖縄文学については、私自身、思いこみのようなものがある」と前置きし、「ここ二〇年くらい、現実と文学の関係が何となく緊張感を失ってしまっている私たちの国の文学のなかで、沖縄文学だけが集中してテーマを提起する力を持っているのではないか、と考えている」と沖縄の文学への期待感を吐露するとともに、「習俗、戦争、基地、どれをとっても、直ちに人間の本質に迫る文学的課題が渦巻いている。もっとも、だからこそ、完成した文学作品になかなか出会えないという矛盾も同時に存在する。沖縄の書き手たちは渦巻く課題のなかで逆にテーマに集中しかねている傾向なきにしもあらずである」と指摘していた。

三枝は、「沖縄の書き手たち」の幸、不幸とでもいったことを指摘したあとで、文学賞への応募者たちを「①沖縄に生まれ育ち途中進学などで沖縄を離れることがあっても現在沖縄で生活している人、②沖縄で生まれ育ったけれども現在他の土地で暮らしている人、あるいは沖縄出身者の二世、③結婚、就職などで本土出身者でありながら沖縄に暮らしている人」といったように分類していた。

三枝がそのような分類をしたのは、「③の立場の人」の作品が、すぐにわかったということによるであろう。そこで三枝は、③の立場にある人の作品の特質を指摘すると同時に「沖縄の現実に対して腰がひけて」いると批判し、奮起を促していたが、①②については、そのことによる表現の違いについて特に触れるということはなく、三枝が注目している書き手たち、国吉高史、竹本真雄に対する注文、女性の書き手たちについての危惧と花輪真衣への期待を述べたあとで、「最後に重要な人について触れておかねばならない」として、崎山麻夫をあげ、「私はこのような人にこそ沖縄の本格的な歴史小説を書いてほしいと願っている」と続けていた。

そして「崎山麻夫へのこの提言は、私が沖縄文学に、いま、或る転機が来ていると感じていることを同時に意味する。それは応募原稿の、特に若い人の作品に接するとき、その思いを深くする。これはまるで東京だ。沖縄など何処にもない。そんな作品が出はじめている。文学にとって、それが良いことなのか悪いことなのか、私には分らない。しかし文学は人間の生活と不即不離の関係にある、ということが変わらぬ真実であるならば、沖縄文学の変容もまた意味のあることなのかも知れぬ」と閉じていた。

三枝のそれは、沖縄文学への関心が強くなっていくなかでの沖縄文学の「転機」説といっていいものであった。

三枝の「転機」発言があった二〇〇一年十二月には、井上ひさし、小森陽一がゲストを迎えて行う座談会が、「原爆文学と沖縄文学―『沈黙』を語る言葉」(『座談会昭和文学史　第五巻』所収)という題の下で、林京子、松下博文を迎えて行われていた。

「沖縄文学」が、「昭和文学史」のなかに組み込まれたということで、かつてのように驚くものなど誰もいないであろう。「沖縄文学」が一つの位置を占めるようになったのは、大城立裕の芥川賞受賞という出来事があったことと関係していよう。そして、彼のあとに陸続として優れた書き手たちが現れたことや、『岩波講座　日本文学史第15巻　琉球文学、沖縄の文学』(一九九六年五月)等の一冊もあって、文学史での取り扱いはもはや常識になっているといっていいだろうが、「昭和文学史」の一項目として特設されるようになったばかりでなく、「原爆文学」と並べられて語られるようになると、驚きをあらたにしないわけにはいかない。

「座談会」は、小森の「日本の戦後文学を考える上で、原爆、沖縄戦、さらに植民地の問題を、あえて一つのつながりの中で考え直してみようと決断」したという言葉からはじまり、小森や井上の発言を受けて松下が答えていくというかたちで沖縄の戦後の歴史と文学が、沖縄戦を扱った作品を中心にして進行していくが、「沖縄文学の多様性は、類型化に対するさまざまな抗いの積み重ね」（小森）であり、「目取真さんの作品は、大きな分水嶺かもしれない」（井上）、といったことが語られ、「松下さん、目取真俊という新しい書き手があらわれてきた今後の沖縄文学はどうでしょうか。沖縄戦は多くの形で語られてきた。しかし、沖縄戦だけではなくて、戦後の沖縄の屈辱から出てくる、やむにやまれぬ叫びはまだまだ封印されているのではないでしょうか」という小森の問いに、松下は、「日本人の記憶にある日付」にはない「封印された日付」が、沖縄には数多くあって、まず「それを一つ一つ、開けていく。書かないといけない」といい、「琉球語、沖縄方言は多様です。その言葉で、『日本』にない封印された日付を表現することは大切ですね。まだまだ、書き手が多くいるわけではありません。でもさまざまな文化が入っていますから、限りない可能性を持っていると思うんです。そういうところからも、均一化された土壌よりも面白いものが出てきそうな感じがするんです。二十一世紀に出てくる人たちにも期待したいと思います」と答えていた。

沖縄文学の「多様性」といった指摘、目取真俊の作品が「分水嶺」をなすといった発言、あるいは「封印された日付を表現する」ことへの期待といったのは、必ずしも目新しいものではなかったとはいえ、「記録と文学とのかかわり」についての応答など、かなり突っ込んだものとなっていた。

小森は、そこで松下に「記録が文学的表現へと変換するのはいつごろですか」と問い、松下の「復帰前後がポイントです」という答えを得たあとで、「やはり大城立裕さんの小説『亀甲墓』が、一九六六年（昭和四一）に発表されます。このあたりから、いわば記録から文学へと転換が始まっていますね。記録では書けないことを小説として描いています」と語っていた。沖縄の社会と文学に並々ならぬ関心を持っていることを感じさせるものがあったが、もしそこに多少付け加えなければならないことがあるとすれば、「記録から文学」への転換で、「記録」が後退していくといったことはなく、むしろ以前にもまして、まさしく奔流のごとく「記録」が相次いで現れてくるようになったということであろう。

小森が、「記録から文学へと転換がはじまった」として最初にあげていた大城立裕が沖縄の戦後文学の先導者であったことを疑うものなどいないだろう。大城が果たした役割は、小説や評論そして演劇（沖縄芝居）だけで語られるものではなく、あと一つ、彼には応募作品の選考という仕事があった。さまざまな文学賞の選考という、新人を発掘する仕事に尽くした功績の大きさは、これまた、他に類を見ないものがある。沖縄と関係する文学賞の全ての選考にあたったといって過言ではないだろうが、その一つである「琉球新報短編小説賞」と関係して、大城は、二〇〇三年一月、「琉球新報短編小説賞の三〇年をかえりみて――成長つづける覚めた目　本格的恋愛小説を期待」と題した講演を琉球新報ホールで行っていた。大城は、講演を終えるにあたって、副題にも見られるように「大きな飛躍をした沖縄文学ですが、将来の希望として、本格的な恋愛小説が多く出てほしいと思います。沖縄ならではの恋愛小説があってよいと思います」と述べていた。

大城がそのように「本格的な恋愛小説」の出現を熱望したのは、他でもなく、大城自身が、「本格的な恋愛小説」を書くことが出来なかったという思いに発していたかと思われるが、それだけではなかった。「琉球新報短編小説賞の三〇年をかえりみて」も、そのような作品はなかったのである。

大城によると、一九七三年から二〇〇二年までの「三〇年」の小説を、「受賞作だけに限って分類してみると、「だいたい三つの柱が普通考えられ」るといい、「沖縄戦」「基地の問題」「民俗的な題材」がそうだという。しかし、「沖縄戦」についていえば、「〈沖縄戦〉にまともにかかわってきたのは」「南風青人の絵」（国吉真治）と「骨」（嶋津与志）の「二つだけ」であるが、「ただ、この二つとも沖縄戦そのものを扱っているのではなく、沖縄戦を素材としてはるかかなたに押しやって」いるという。大城はそこで、「二つ」の作品が、「〈沖縄戦〉にまともにかかわってきた」といったあとで、「沖縄戦そのものを扱っているのではなく」と続けていて、「まとも」の意味が、多少わかりにくいものとなっているが、七三年以後とは言え、「沖縄戦を素材」とした作品が「二つ」だけというのは、意外な感じがしないわけでもない。

「基地」に関しては、「カーニバル闘牛大会」（又吉栄喜）、「銀のオートバイ」（仲原晋）、「ロスからの愛の手紙」（下川博）、「デブのボンゴに揺られて」（比嘉秀喜）、「「ブルー・ライブの夏」（大城裕次）、「マリーンカラーナチュラルシュガースープ」（松田陽）、「一九七〇年のギャング・エイジ」（上原昇）といった作品があって、「〈基地〉のモチーフはきわめて雑多なもので、一口にいうと、基地の中に生きるという人生を突き放して見ていると言えると思います」と述べ、「さまざまな目が基地と、そこに生きる人たちの人生に注がれている」と概括していた。

「三つの柱」のうちのあと一つである「民俗」については、まず「沖縄で民俗が文学作品として広く扱われるようになったのは復帰後のこと」であるとし、「なぜ復帰後のことであるかというと、私の解釈で言えば、復帰というものがいいものであるのか悪いものであるのか、という復帰二、三年前から沖縄のほとんどすべての人が持った問題意識」があって、「それが、復帰してみると非常に深刻な問題になった。沖縄の文化というものをヤマト文化に侵略されてはならないとよく言われていて、「その沖縄県民の気持ちを文学作品はどどーっと出してきた」というのである。作品としては「お墓の喫茶店」（玉木一兵）、「約束」（仲村渠ハツ）、「迷信」（白石弥生）、「見舞い」（香葉村あすか）、「シンナ」（知念正昭）、「故郷の花」（比嘉辰夫）、「針突をする女」（川合民子）、「ウンケーでびる」（玉城淳子）、「マズムンやぁ〜い」（安谷屋正丈）、「ゆずり葉」（神森ふたば）があった。しかし、そこには「その表現として沖縄の生の方言がいっぱい出て」きたということがあり、その件については「批判的」であったとしながら、「沖縄の土着の文化に対して沖縄の書き手たちが非常に強い関心を持ってきたということをあらためて申し上げたい」と述べ、あと一点、「ヤマトから移り住んだ女性が、沖縄の人の生活の中に民俗的な素材がいかに生きているか、たとえばユタの問題や共同体の問題をヤマトンチュからの目で距離を置いて眺めています。このようによそからの血液の注入とでも呼びたいものがある」といい、「それも沖縄の文学にかなりの影響を与えているのではないか」と述べていた。

大城は、三〇年間の短編受賞作を見渡して、そこには柱となるものが三点あるとして「戦争」「基地」「民俗」をあげ、それぞれについて概括したあと、その他にも「〈愛〉〈少年〉」「マイノリティー」「〈家族〉〈都会〉」といった項目を設け、「三つの柱」であげた作品とともに、その他の受賞作についても触れていた。そして、これまでにないものとして「本格的な恋愛小説」をと述べていたのである。

大城の分類は、戦後文学を領導し、さまざまな文学賞の選考にあたってきたことで見えてきたものであり、沖縄文学の大きな見取り図を作ってくれたといっていいだろう。

大城によって、そのような沖縄文学の見取り図が示された二〇〇三年には、岡本恵徳、高橋敏夫『沖縄文学選　日本文学のエッジからの問い』（以下『文学選』と記述）が刊行されていた。『文学選』は、第一部　沖縄文学の近代」「第二部　アメリカ統治下の文学」「第三部復帰後の沖縄文学」「第四部　沖縄文学の挑戦（90年以降の沖縄文学）」といったように構成されていて、明治以降、沖縄の表現がいわゆる「日本語・標準語」によってなされるようになってから、一九九七年一月『へるめす』に発表された崎山多美の「風水譚」までを収めていた。

『文学選』の編集委員会事務局員をつとめた本浜秀彦は「本書の企画は、沖縄文学への関心の高まりとテキストの要望に応えようという思いから始まった」といい、「近現代における沖縄文学の重要な作品を収録し、それに研究者の解説を盛り込むことで、沖縄文学の全体像にアプローチできる一冊となるように内容を検討した。同時に、授業で使用する学生だけでなく、一般の多くの人にも沖縄文学の豊かな広がりを知ってもらえるように、読み物としての充実をはかった」と述べていた。

『文学選』は、「授業で使用する」ために編まれたものであるとはいえ、本浜が言うとおり「沖縄文学の全体像にアプローチできる一冊」であることは間違いない。そのことからしても、大切な一冊であったといえるし、これまで見てきた一九九九年以降の、沖縄文学にたいする熱い眼差しが、そこには結集されていたといっていいだろう。

一九九九年にあらわれた山里の論をはじめとして沖縄文学への期待のたかまりが、『文学選』というかたちで結実していくさなかの二〇〇一年七月、新城郁夫は「漂う沖縄文学のために」(『沖縄文学という企て　葛藤する言語・身体・記憶』所収)で、「いっけん華やかなにぎわいを見せているかのごとき沖縄文学は、その実、中央文壇とかいうものの力学の中で、それらしい地方性と通りのいい異質性を担わされて、日本文学にとって心地よい周縁を演じさせられているのではないか、そんなことさえ思い至ってしまう。しかもさらに重要なことは、こうした『周縁』化してくる眼差しに対して、積極的にそれを演じてしまう沖縄文学の屈折があるように思えることである。イメージ化された沖縄を先取りして内在化し、そして自らをその想像化された沖縄に同一化していくようなプロセス。今、批判されなければならないのは、こうしたプロセスの循環にほかならない」と指摘していた。新城の危惧を杞憂だとして一蹴することなど誰もできないはずである。

二〇〇〇年から二〇〇二年にかけて書きつがれた「自画像と他画像の問題(1)(2)(3)沖縄現代文学とオリエンタリズム」(『沖縄はゴジラか─〈反〉・オリエンタリズム／南島／ヤポネシア』所収)のなかで、花田俊典は「又吉栄喜は『豚の報い』に至って、どうやら『日本』本土という鏡の前に立って、みずから『沖縄』の自画像を描く役割を引き受けたようなのだ」といい、「目取真俊は、『日本』と『沖縄』の双方に辛辣な悪態をつくことによって、しかし結果的には『日本』に対しては『沖縄』を代表─表象し、一方で『沖縄』に対しては『日本』を代表─表象する役割を引き受けてしまっている。沖縄という土地にあって『日本』や『沖縄』と向き合って(親和的あるいは違和的に)自画像を描くかぎり、このやっかいな構造に絡め取られてしまうのはさけがたい」と評していた。

新城が指摘する「プロセスの循環」、そして花田の指摘した「やっかいな構造」といった問題を沖縄文学は抱えているのである。そのことは、いうまでもなく「沖縄文学」が、「日本語」で書かれているということと関連していることであり、「日本文学」との訣別を考えるということであれば、今後何百年かかろうとも、琉球語の新たな音声表記を、例えばハングルがそうであるような新しい文字を創出する必要があるのではなかろうか。

沖縄の文学が、いつ琉球語の新たな音声表記になる表現を持つことになるかは闇だが、そのような夢とともに、とりあえずは、三枝和子が要望した「本格的な歴史小説」や大城立裕が希望した「本格的な恋愛小説」とともに、「世界のウチナーンチュ」をテーマにした小説が出てきてほしいと思っている。

4　沖縄近代詩史概説

1

一九〇四年（明治三十七）二月、文学者になることを志し、一人の若者が、那覇の港を出て行った。彼は、沖縄では、すでに首里の文学青年として、その名を知られていたが、勿論東京の詩壇で、その名を知っているものはいなかった。しかし、彼には、東京でも活躍できるという自信があった。

その自信は、彼が、東京で刊行されていた文芸雑誌に、既に、自分の作品を発表していたことによって支えられていた。

一九〇三年（明治三十六）八月『文芸界』第二巻第二号に掲載された、彼の詩は、次のようなものである。

仰げばみ空青く澄み、金星遥に霑ひて、神秘の御幕長く垂れ、闇の香襲々屋根に戸に、夕となりぬ月出ぬ。

夕となりぬ月出ぬ、雲のみ無心に靉靆て、烏は北枝の巣に帰り、狐は隣の穴を訪ひ、螢は燃えて河堤。我もまた有情の男、若かうて夕に得堪へめや、詩ぐるほしき戸を避けて、倚るは誰が十九のやわ肌、力ゆらぎてあな強や。


夕となりぬ月出でぬ、ふりさけ見ればみ空には、自然の扉開かれて、愛と自由の彩眩ゆく、懸想希望を富ましむる。嬉しからずやなうとのみ、やわ乳と胸と口接けて、依々なる薫りを散ぜむか、何を踟躕の醜文字と、大なる芸術ぞ君や我。

大なる芸術ぞ君や我、あゝ誰か我等を縛めて、断頭台を令ずとも、価値あるものはこれ一つ、手放べきやなう乳房。

夕となりぬ月出でぬ、臥せよ抱けよすゝれ盃、熱せよ乳房小唇、誰れか自然の御芸匠を、かいまみ笑ふ痴者あらむ。


彼は、この詩を「夕の賦」と題し、末吉詩花の筆名で、投稿した。当時の『文芸界』は、徳田秋声、国木田独歩等の作品を掲載していたし、そのような雑誌に自分の作品が掲載されたということは、たとえ「懸賞文芸」欄であったにしても、彼に大きな自信を与えずにはおかなかった。末吉詩花、本名末吉安持。沖縄の近代詩は、恐らく彼によって、本格的な開幕を告げたといっていいだろう。

末吉安持は、一九〇四年に上京、〇五年（明治三十八）に新詩社の同人となり、『明星』誌上に数多くの詩作を発表するようになるが、一九〇七年（四十）不慮の事故で志半ばにして夭逝した。

与謝野寛（鉄幹）は、その死を悼み、「このうら若い、将来のある詩人を、突然と過失のために、斯かる悲惨な最期に終らしめたのは、痛歎至極、何と慰む言葉も無い」と、前置きし、次のように彼の人となりについて述べている。

　氏は沖縄県首里区字儀保の素封家末吉安由氏の二男であつた。中学にあつた頃は、常に優等の成績を示したと云ふ。父兄が文学の嗜好を以て居る所から、その感化を受けて文学を好むだが、父兄も氏が文学者となることを望み、氏も其積りで三十七年の二月に出京し、爾来英語を国民英学会に学んで居た。初め長詩を前田林外氏等の雑誌『白百合』や『天鼓』に投じて居たが、三十八年の三月に新詩社に加り、其後は専ら『明星』にのみ作物を載せた。氏は短歌を作らず、長詩のみの作者で、毎月必ず二三篇を余の手許に送つた。十六歳から詩を作り始めたといふが、確かに詩人たる情熱と、独創の力と、物事に対して一種他人と異つたみかたとが有って、漫に先人の模倣を事とする無定見者流とは選を異にして居つた。三十七年頃は児玉、平木二氏の詩風を慕ひ、三十八年以後は薄田、蒲原二家の詩集を愛読し、殊に上田氏の『海潮音』に由つて詩眼を開くことを得た一人であつた。また能く余が厳格なる批判に聴いて、『明星』に採録する氏の詩が、その所作の十が一にも過ぎざるに拘らず、毫も不満に思ふ色なく、之に激励せられて益々慎重の心掛けを加へ、精苦の作を試みた。その詩は昨年に入って頓に進境が見え出したが、本年三月の『明星』に載せた「ねたみ」一篇が、計らずも絶筆と成った。

末吉の私淑した詩人、詩集そして詩人としての情熱について、与謝野はあまさず書いていたといえようが、その他の点で、いくつか見逃していたのがないわけではない。その一つは、一九〇五年三月新詩社に加わって以後も末吉は、『白百合』『天鼓』さらには『新小説』等の雑誌に詩作を発表していたし、また「氏は短歌を作らず、長詩のみの作者で」という指摘も、正確ではない。末吉が、「長詩」を得意としたのは確かだが、「長詩」のみを作ったのではない。「短歌」の件にしても、彼は、確かに「短歌」は作らなかったかもしれないが、数多くの「琉歌短歌」を残している。沖縄の伝統的な方言表現になる「短歌」を彼は得意としたし、彼が、文学に心をひかれたのは、その伝統的な表現形式に秀でていたことによると、考えられないこともない。与謝野には、その点が見えてなかった。

一九一一年（明治四十四）、伊波月城は、末吉の詩作を評し、彼の「琉歌」が、標準語で表現された作品よりも強く心を打つと述べていた。それは、月城が、琉球の文芸復興を夢見ていたことと関係していると言えるかも知れないが、表現形式、言語こそ異なるとはいえ、「短歌」を作っていたのである。

沖縄の表現者の問題が、ここに一つある。すなわち、彼らは、日常的な琉球の方言による表現と改まった場での標準語による表現という二面を生きざるを得なかったということである。この表現手段の二重性は、沖縄の近代詩史の大きな問題としてあるし、沖縄における近代詩の出発の遅れた一要因をそこに求めることも出来ようが――沖縄で「新体詩」という言葉が現れるようになるのは、一八九八年（明治三十一）頃からである――、少なくとも、末吉は、与謝野には見えてなかったそのような面をもっていた。

末吉の奥に秘められていたとでもいえる「琉歌」は、与謝野には見えなかったが、しかし末吉の「新体詩」の特質は、与謝野が指摘している通りであろう。末吉が、「長詩」を書いたのは、他でもなく、当時の詩壇の潮流と関わっていた。

2

末吉は、新詩社の同人として『明星』誌上にその作品を発表し、沖縄では、よく知られた存在であったが、新詩社の同人になったのは、彼だけであったわけではない。末吉と同じく首里の文学青年として知られていた摩文仁朝信も、やはり、新詩社同人として活躍した一人である。摩文仁は、一風変わった人として知られているが、その奇人ぶりを取り上げた文章に次のようなのがある。

奇行に富んだ首里の青年歌人摩文仁朝信が逝いてもう五年の年月が経つた、亡くなつた時がたしか二十一歳だつたから今生きて居ても未だやつと二十六にしかならない、誠に短かい夢のやうな生涯であつた。

彼は大中町の摩文仁家の一人息子で中学時代から一風変つた、人物が大きいやうで小さいやうで、利巧のやうで馬鹿のやうで極めて面白い性格の少年であつた、十七か十八の時上京して当時全盛であった与謝野夫妻の新詩社に入つて勉強して居たが、極端に無頓着な人で足袋の穴も、羽織の泥も気にしないけれども、どう云ふものか鏡ばかりは、寸時も手離さず、机の前に据つていつも自分の顔を写して楽しんで居た、議論が好きで相手構はず口角泡を飛ばし是が非でも自分の言ふ事をまげ無かつた、新詩社でも彼の性格の面白さと、琉球の生れと云ふので皆一種の興味を以て彼を迎へて居た、彼は好い気になつて故郷の自然や人事に就いて語り、エキゾチックな詩興を同人等に強ひて居た。

彼の奇行については面白いのが沢山ある、或る冬の夜であつた、折りからの時雨にマントも袴も泥にまみれたまゝ突然彼は新詩社に姿を現はした、流石の彼も足袋だけは玄関の入口に抜いだが、袴の泥には一向気がつかないで新しい座蒲団に据はり込んだ、その晩彼は琉球から東京に帰つて新橋から空腹いまゝ新詩社に舞ひ込んだのである、空腹くても空腹くなくても饒舌るのは彼の癖であつたから、其の晩も矢張り饒舌り続けて居たが、とうとう堪らなくなつて空腹いと云ひ出したので、晶子女史は小間使に命じて御飯を運ばした、彼は飯を食べながらも饒舌り続けたが、飯を食ふ口も饒舌る口も一つしか無いので口の中の飯粒は時々前の方に飛び出した、彼がそれを気付く筈は無かつたが、或る機みに飛んだ飯粒は失礼にも対座した晶子女史の白い頬ぺたにくつ付いてしまつた、流石の彼も気まり悪くなつて謝まろうとすると飯粒は遠慮も無く再び飛び出して今度は前髪の方にくつ付いたので滅多に閉口した事のない彼も大いに閉口したさうだ。

…………『琉球新報』一九一七年（大正六）十月二日「卓上小話　飯粒」無記名

摩文仁の天衣無縫ぶりを示す一小話である。

摩文仁は、新詩社に加わってから、熱心に、歌会等に出席するようになっていたと、上間正雄は、『沖縄毎日新聞』一九一二年(明治四十五)七月二十八日号「故摩文仁朝信氏歌」で書いていた。上間によれば、「新詩社に加わつてからは、大分熱心になつてあそこに集まる歌会や、時々の小集にもよく出席した」ようであるといい、与謝野晶子女史の日記の中にも琉球の青年詩人として出て居て周囲の若い新詩社の人々にも「一風変つた面白い男として知られていた」と言うが、摩文仁名の作品は、どういうわけか、『明星』誌上には、見られない。但し、彼は、数多くの筆名を用いていたこともあり、もし「正長風」が彼の筆名の一つであったということになれば、『明星』一九〇八年(明治四十一)四月、三首の発表が見られるということになる。

摩文仁が新詩社同人として歌作を発表した主な場所は、『スバル』であった。その他『趣味』『文章世界』『創作』等に作品を投稿するとともに、郷里の新聞『沖縄毎日新聞』に発表の場を求めた。その限りにおいて彼を、山城正忠と同列に『明星』派の歌人と呼ぶことは出来ないだろうが、いち早く新詩社の門をたたいた有望な「青年歌人」であったことは間違いない。

摩文仁は、また短歌だけを発表していたのではなかった。摩文仁天来の筆名で『文庫』(一九〇八年十月、三十八巻一号)等に詩作を発表していたし、蝶心の筆名で『沖縄毎日新聞』紙上に発表した「秋日雑詠(一)」(一九一〇年十二月十四日号)一篇で、詩人としてその名を忘れがたいものにした。

隅田川畔のとある二階の四畳半、
わが杯をうけしうたひ女は、
瓦斯燈に媚をたたへたる頬を照らしつつ、
したしげにわが古里をたづねたり。
わが生れしは山の手は赤坂なりと云へば、
女は妾《われ》もしか思ひたりとうなづきたり。
されどされど呪ふべき良心はわが心に向つて、
反省を促し正直なる訂正をもとめたり。
女よそは偽なりわれは琉球のとある城下に生れ、
父は泡盛を飲みて早くも逝き母はなほ入墨の手をはたらか
　しつつありと云へば、
女は軽き偽を欣ぶごとくかすかなる笑をたたへつつ
そは偽なりそは夢なりと無雑作にもわが正直なる告白を取
　消したり
ああ女よ！われもまた琉球に生れたる事実が嘘ならむこと
　を願ふものなり、

されど事実は事実となるをいかにせむ。

…………秋日雑詠㈠

摩文仁朝信は、短歌や詩を発表しただけでなく『ホトトギス』（一九一二年四月、第十五巻第七号）に、小説「許嫁と空想の女」も発表していた。高浜虚子は、同作を評し、「琉球人其人の作であるといふ事や、琉球の山川、風俗を描いたといふやうな事の興味の上に、此南の島人で無ければ抱くことの出来ぬ感情を此文章中に認めることが出来たのを面白く思ふ」と述べていた。虚子の評にみられる「南の島人で無ければ抱くことの出来ぬ感情」という言葉は、小説の評としてよりも、むしろ「秋日雑詠㈠」によくあてはまる評であったといえよう。

摩文仁は、末吉と同じく琉歌をよくしたが、ただたんに琉歌を詠むだけでなく、その革新運動を推進した一人であった。「緑蔭芸語（琉歌に就て）」（『琉球新報』一九〇九年六月二十八日、てふしん生）や、「琉歌に就て」（『沖縄毎日新聞』一九〇九年十一月一日、万緑庵）等で、彼は、琉歌の現状を憂い、その革新を主張した。彼は、後者で、琉歌を旧派と新派に分け、その比較をすると同時に、新派の琉歌がいかにすぐれているかを論じただけでなく、自らも、琉歌を「三十字詩」と呼び、琉歌の創作に励んだ。

摩文仁や末吉は、そのように新詩社の同人として、詩歌を中央の文芸雑誌に発表しただけでなく、郷里の新聞に拠り、沖縄の伝統的な表現形式による文芸活動をも行っていたのである。

3

末吉や摩文仁の上京及び新詩社への加入、中央雑誌への作品発表は、沖縄の多くの文学青年たちを強く刺激したといえる。沖縄から中央の雑誌への投稿は、和歌を主として、かなり早い時期から始まっているが、一九〇七年以後めだって多くなる。『明星』『スバル』をはじめ『中学文壇』『中学生』『趣味』『文芸倶楽部』『文章世界』『文庫』『創作』『ホトトギス』等がその主な雑誌であるが、彼らのなかには、投稿するだけではあきたらず、上京していって雑誌同人に加入したのも多い。そして、上京先から、今度は逆に郷土の新聞に投稿したりしている。摩文仁朝信は、その中でも、恐らく最もよく郷里の新聞に投稿した一人であったといっていい。

上京していった者たちが、沖縄の文学青年たちを強く刺激したのは、彼らの作品そのものより、むしろ彼らの東京での生活の一端を書き記して郷里の新聞に送った雑文であったといえるかも知れない。その雑文とは、例えば、次のようなものである

二月末の某日の午后、かねて前田夕暮氏から教わつた通り北伊賀町で電車を降りて、先生の宅を

探した。ニコライ堂の前で紅梅町の二番地は何処ですかと老人に訪ねた。解らない。子供に聞いて見た。矢張り解らない。モジモジして居るとハイカラの歌よみさうなガールが向かうから来たので失敬ですがを前置に奥様の宿を聞いて見た。晶子先生の?といつて式部先生考えて居つたが御名前は知つていますけれども御宿は存じませんと頬を赤めて逃げて仕終つた。「何でもニコライ堂の近辺で坂の下だと聞いたが……」をPreludeとして女で歌の御師匠さんは何処ですかと居酒屋に尋ねて見た。解らない。先生は下戸党だなと思ひながら穀屋に聞いて見た。解つた。新詩社の門票が二間の彼方にあるのが近眼鏡にうつツた。彷徨を廻つていたからもう晩餐に近い。どうかと思つたが、案内を乞ふと令息光ちやんが出てすぐ客間に通方された。

鉄幹氏は打寛いだ姿で出て来られて、主客二人は忽ち清談に入る。晶子氏も出て来られた。この人があの集のぬしかと思ふと有難くないフエイスも何となく慕しく思はれた。

万緑庵の「与謝野鉄幹氏を訪ふ」(『沖縄毎日新聞』一九一〇年三月二十一日号)と題された一文である。万緑庵は、摩文仁朝信の筆名の一つである。摩文仁は、そのあと鉄幹が沖縄に行ってみたいと話したことや、歌壇の現状に関する談話、山城正忠のこと、沖縄の短歌会のこと、そして、源氏物語を教わることにしたといった事などを書いている。このような、名士訪問記を、郷里の新聞に送ったのは、万緑庵・摩文仁朝信だけではない。同じく与謝野鉄幹を訪問した文章が、九月三十日にも見られる。

美しい少女　湿みを帯びた瞳のやうな秋晴の美しい日光を浴びつゝ二町通り大橋図書館向ひの新詩社………即ち与謝野先生の御宅を訪うた折よく先生は御在宅で早速応接間に招じられ晶子女史手づからの御茶を頂戴した初対面の挨拶を述べて名刺を出すと「あ左様でいらつしやいますか」と丁寧に御辞儀をなさる私は自分の御辞儀よりも晶子女史の御辞儀の深かつたのに思はず顔を紅めた「盛ていく中に謹しまなゆめよかる程稲やあふしまくら」の中の充実した稲の穂の頭を垂れる才識の高い人に限つて謙遜の美徳を持つて居る嗟人間は総て晶子女史の如くあり度いも（のと）思った

程なく寛先生が出られた私か想像して居た先生とは正反対であるのに驚いた岡腹で皮肉（屋）であると伝へられた先生は始終温知しい愛嬌のある白い顔に優しい微笑をたゝえながら香ばしい煙草の煙と共に所説を吐き出されるも時々優しい瞳で空を眺め美しい夢でも呼び（出）さうとされる様子だ「旅行くは互に若し思ふ子を都におきし下心泣く」と云ふ若い美しい涙に結晶した歌を思い出して床しくなる「私は嘗つて歌を詠むに当つて如何なる態度を以て向かふべきかの問題を考へた事は無い唯刹那刹那の官能の揺ぎを囚えんとするばかりです」それから話は現文壇に遷り更に転じて沖縄詩壇に遷つた「芸術としての沖縄………自然としての沖縄　価値あるものはなからう上間正雄

君の『廓と墓場と』には南国の美しい自然と明るい雰囲気とが能く現れて居た然し今の所沖縄では山城正忠君が一番甘い摩文仁君も大分好くなつた熱心だから進歩が早いですよ」そこで私も入社を御願ひすると先生は快く承諾なさつて色々御教諭に預つた

狂浪生の「与謝野先生を訪ふ」と題されたもので、狂浪生は、その後で、鉄幹、晶子夫妻の「謙遜の美徳」を賞賛すると共に「何も出来ないウジ虫然たる故に限つて御山の大将になりたがる私はかゝる故原に与謝野先生の爪の垢でも煎じて飲ませてやり度いと思う」と郷土の文士たちを批判していた。

上京して行った者たちは、そのように、名士の訪問記を得々として郷土の新聞に書き送っていた。名士に会ったことによって、自分自身も何となく偉くなったかのような昂っている文章を読んで、反感を覚えた者もいたであろうが、それ以上に、彼らに対する羨望の念を禁じえなかったであろう。彼らが会ったのは、他でもなく与謝野鉄幹、晶子という文壇の大御所であったのである。

沖縄から上京していった文学青年たちは、末吉を初め、というよりも末吉によって開かれた新詩社の門をくぐり、与謝野との会見記を郷里に書き送ったのであるが、しかし、必ずしも皆が皆、与謝野参りをしたわけではない。

万緑庵、狂浪生とほぼ同時期上京していたと思われる草秋(上間正雄)は、彼らとは異なった考え方を持っていた。草秋も、「秋の東京より」と題して郷里の文学仲間に送る形をとった短文を『沖縄毎日新聞』に寄稿しているが、その㈢「末吉落紅氏へ」（一九一〇年十月二十一日号）のなかで、「長風君や、狂浪君は、鉄幹を訪問したとか、いや晶子さんが笑つたとかなかなか盛んですよ。僕はどう云ふものか一寸も大家を訪問する気になれん。しかし近い内北原白秋氏だけは面首しやうと思ひます」と書いている。

詩壇は、鉄幹、晶子の時代から白秋の時代へと移ろうとしていた。いわば、そのような詩壇の状況に草秋は、すばやく反応していたと言えないこともないが、それよりも、草秋の資質が、白秋の周りにいるグループの詩人たちに近かったことによっていよう。

　色町の情調はすてきだつた。月光が水のやうに流れてどこの二階からも明るい燈がもれて三味線や太鼓や琴の音色がごつちやになつて若い女の（光）沢のある肉声が十二月の冷めたい空気を顫はせた。俺は異様な帽子を目深にかぶつた若い男らに交じつて芳烈な泡盛の匂に刺激されつゝ歩いた。新らしい紺足袋の足が軽るかつた。何処の石垣の陰からも赤い巻煙草の火が怒獣の瞳のやうに光つて居た。

「ペンの錆」（MASAO『沖縄毎日新聞』一九一〇年一月五日号）と題された一文である。草秋は、その後五首の自作をはさみ、女に誘われて「歓楽の階段」をあがったといい、その女について「月光をあびた女の半面は彫刻的に美くしかつた。微笑するときかすかな憂愁の漂よふ目元の印象が忘れ難い。この女を一般のたはれ女として見る事はどうしても俺には出来ない。この女の顔には近代的憂愁の影が宿つて居る。斯う思ひながら俺は月夜の情調を遺憾なく味わつた。純琉球的色彩と情調は廓でなくては味ふ事が出来なくなつた」と続けていた。

草秋のこのような傾向は、『明星』派からはるかにとおく、『スバル』派的であり「パンの会」のものである。草秋が、鉄幹でなく、白秋を選んだのも当然のことである。

草秋は、最初『沖縄毎日新聞』(一九〇九年、三篇)に詩作を発表し、後『創作』(一九一〇年・五篇、一九一一年・三篇)に発表するようになる。

夜の刺激

上間樗花

ほの暗き水の面に映る燈影の華やかさ………
色硝子夢もあかるき対岸の
カフエーの屋根にほのかなる、
いと仄かなる月しろぞたゞよへる。

湿りたる夜の空気よ………
淡き靄――河口の船の黄なる燈に、
かすかなる三味の音色ぞ流れゆく。
あはれ、その唄の曲節………

えも知らぬ夜の哀愁………
そことなき悩ましきものの匂と、
酒の香の刺すがごと脳に泌み入り、
疲れたる神経ぞ微かに顫ふ。

えも知らぬ心さわぎよ、月光に
河やなぎ濡れて歎ける河岸をゆき、
若きこころの憂愁にふと仰ぎみし、
滴たるごとき夏の夜の空の紺青………

上間草秋の出発を告げた、最初の作品である。

4

沖縄の詩壇は、一九〇九年頃から大層活気を帯び、新聞の文芸欄を賑わせるが、それも僅かに二、三年の間であり、その後、急速に凋落の様相を深めていく。その理由は、摩文仁や上間のように、文学を志すものたちが、上京してしまったということもあるが、それ以上に、大きな要因は、新聞が、小説の方に力を入れ始めたことにあるかと思う。

一九一一年六月、山城正忠の「九年母」が、『ホトトギス』第十四巻第十一号に掲載され、多くの雑誌が、ローカル・カラーのよく出た作品として好意的に取扱い、一躍脚光をあびた。沖縄の新聞は、さっそく「九年母」を転載すると共に、中央の新聞、雑誌に出た作品評をかき集め、掲載する。一九一二年四月には、やはり『ホトトギス』第十五巻第七号に摩文仁朝信の「許嫁と空想の女」が掲載され、それも同じく転載される。

山城や摩文仁といった、どちらかと言えば、歌人として知られていた人たちが、中央で短歌ではなく小説を発表するようになったことにもよるかと思うが、沖縄の新聞も、小説募集をするようになり、これまで詩歌に打ち込んでいたものたちが小説に筆を染めるようになっていく。

詩歌から小説へという移行は、しかし、そのような表面的なことによるだけでなく、もっと重要な問題が隠されているようにもみえる。即ち、琉球方言表現から標準語表現への移行という大きな壁がうめられたのである。日常言語は、方言を使用しながら、表現言語として標準語を使うのに違和感を覚えることなく、自由に駆使できるようになっただけでなく、ローカル・カラーを意図的に持ち上げる風潮の到来によって、文章をかたいじはらず書けるようになったのである。

ローカル・カラーの賞賛は、地方にいる文学青年たちに大きな励ましを与えた。作品に、例え会話の部分だけであれ、方言を用いる事ができるという発見は、これまでのいわゆる文章規範からの解放を意味したであろうし、それだけに、若い文学青年たちに、小説に走る傾向を助長したといえるが、あと一つ見逃せないものを、沖縄の詩壇にもたらした。それは、他でもなく、琉球方言による詩作である。

弥生咲く花ん降ゆる雨風に。時ならの雪と散りて行末や。
如何な月花ん西雲がやゆら。面影と共に袖に降り濡りる。
乾く間や無らの此契小袖。吾が身打忘て思ひ出す度の。
片時や伽になる箬の栞。遺語れや散りて恨む隅田川。
浮ちよる花弁やかた糸に貫ちよて。吾身や永代にお待ちすらでむの。

のがよ永久迄ん別りゆんてしや。
情無ん里や秋空の月か。清りし曇ゆしん雲風に任ち。
玉黄金里よ心有明の。月に露待つる草の葉の影に。
泣つる鈴虫の後や如何なゆが。さらば想切やい飛ばは不如帰。
闇に里とめて血を吐つて鳴かは。契りあだなゆみ二人打連りて。
手取て極楽に花見さなやすが。魚の水待つる里前御返事。

一九一一年三月六日「琉詩（杜鵑）」の題で『沖縄毎日新聞』に発表された濤子なる人の作である。そして三月十二日には、「琉詩（杜鵑に答ふ）」として、重子なる人の作が掲載される。これらは「琉詩」とされている所からもわかる通り、明らかに、琉球方言による詩を意図したものであった。重子なる人には、特にその意識が強かったように思われる。というのは、『琉球新報』二月二日の投稿欄「読者倶楽部」に、重子は、つらねを「新体琉歌」として発表していたからである。つらねが、新聞に見られるようになるのは、一九一〇年の七月（浦人「読者倶楽部」欄、七月二十日）頃からであるが、それらは、つらねとして発表されていたのであり、重子によってはじめてそれが「新体琉歌」と名づけられたのである。そしてそれが、一ヶ月後には、濤子なる人によって「琉詩」と呼びかえられていくのである。しかもこれまで、投稿欄に見られるだけであったつらねが

（一九一〇年十月二十一日、稲福全名の「首里に帰る時糸満の友人に別を惜みて」と題されたつらねは、琉歌結社作品集の一篇として学芸欄に掲載されているが、独立した一篇としての掲載はない）、「琉詩」として堂々と文芸欄を飾ったのは、濤子の作品が最初であった。それだけに、三月六日に掲載された濤子の「琉詩」は、大きな衝撃を沖縄の詩壇に与えたといっていいだろう。

『沖縄毎日新聞』の文芸欄や一般読者の投稿欄である「葉書一括」欄、『琉球新報』の文芸欄および「読者倶楽部」欄を見る限りにおいて、「つらね」が掲載されたのは一九一〇年に三篇（七月二十日、十月二十一日、十一月二十九日）、十一年になって『琉球新報』四篇（二月二日、五日、十九日、二十七日）、『沖縄毎日新聞』一篇（二月二十三日）というように十篇にも満たない数であったのが、「琉詩」として学芸欄に濤子の作品が掲載されるやいなや、続々と現れ、一種の「つらね」の時代とでも呼べるような現象が現出するのである。

つらねの続出は、恐らく明治期になって創作された沖縄の民衆芸能の一つ「歌劇」と大きく関わっているはずである。「歌劇」は、沖縄の民謡によって構成された劇であるが、その代表的なものに「泊阿嘉」「奥山の牡丹」「伊江島ハンドー小」等があり、その中でも「泊阿嘉」は、沖縄の「ロミオとジュリエット」として知られ、初演以来、劇場をうめつくす人気を博した。その悲劇のクライマックスは、思い焦がれて死んだ女の遺書を、男が読み上げていく場面にあるが、その遺書が、いわゆるつらねとして知られているものなのである。琉球方言になる極めて優れた表現だと思われるので、ここに紹介しておきたい。

後生の長旅も　近くなて居れば
夢うつつ心　肝も肝ならぬ
よしまらぬ落てる　涙したたりて
硯水なしやり　義理恥も忘すて
あまた思事の　はしばしよだいんす
書きよしたためて　御遺言よしゅもの
お肝取りしめて　読み開き給れ
奥山に咲きゆる　伊集の花心
何ぬことも思まぬ　童あてなしに
御情や深く　我身にかけ召しゃうち
他所目まどはかて　振合せの御縁
あの世までかけて　契る言の葉や
我が胸にとめて　我が肝にそめて
寸時も片時も　忘る間やないさめ

籬内にひとり　思詰めて居ても
義理のしがらみに　かこまれて居れば
あけよう我が肝や　闇の夜々ごとに
焦れ飛びまわる　螢火の心
やがて消えはてる　露の身どやすが
無常の世の中に　ながらへて居ても
朝夕ものごとに　辛さ思まよりか
片時もあの世　急ぎぼしやあすが
この世をて里が　玉の御姿も
拝で暇乞も　哀れ泣く泣くも
この世ふり捨てて　行きゆる際だいものの
おぼろ夜の月の　影のごとやちゃぅも
拝みぼしゃつらさ　しじららぬあてど
とかくままならぬ　浮世てやりともて
誰も恨めよる　ことやまたないさめ
このままに土と　朽ち果ててやり

肝や里お側　朝夕はなれらぬ
里が行末や　波立たぬごとに
草の下かげに　お願しち居もの
ながらえていまうれ　お待ちしゃべら

…………矢野輝雄『沖縄芸能史話』

歌劇「泊阿嘉」の初演は、一九一〇年四月で、四月九日から七月八日まで「十三週という驚異的な続演となった」といわれ、「(明治) 四十三年だけで、約四か月も上演」したといわれる。それも明治座、沖縄座二座競演のうち沖縄座一座だけの記録である。「泊阿嘉」の人気は、とどまることなくその後も続く。つらねが、多くの人々の口に上るようになったのも不思議なことではないが、「泊阿嘉」の「成功の大きな要因の一つ」は、「当時出版された沖縄民謡集にのっていた『吉本のつらね』が流行していた」ことから、似たようなのが作れないものかと考え、さっそく取り入れたところにあるという。「吉本のつらね」の流行、「泊阿嘉」のつらねの大当たりによって、つらねが広がり、重子の「新体琉歌」、濤子の「琉詩」によって、つらねの一つの時代が到来したといえるのである。しかし、つらねの時代は、僅か二、三年しか続かなかった。

5

大正初期の文壇は、その首座を小説に奪われ、詩は後退する。新聞の学芸欄にも、ときたまあらわれるだけで、僅かに奥島洋雲、浦崎泣鴦（浦崎成一は同一人か）等が目立つ程度である。しかし一篇しかない金水清、彼岸行人等の作品に、これまで見られなかったような新しい詩の登場を予感させるものがあった。

龍舌蘭

彼岸行人

赫と照る太陽の直射をうけて、
とある新開の町には、
赤い瓦と白いしつくいとが
まぶしいほど屋根の上で煮えくり返つて居た。
赫と照る太陽の直射をうけて、
町をとりまける小山の頂には、

恰かも大きな蜘蛛が両の手を頭の上にかざし、
餌を弄くつて居るやうに見える白い墓、
黒い墓の夥しい護衛兵が、
片唾を呑んで何者かを眺めつけて居た
赫と照る太陽の直射をうけて、朱紅の柩がすつ〱と
音なしやかに町の大通りを通つて行く
その後に黄紗の面衣を被いだ女の一列が、
さも泣きくたびれたと云つた風に、
ぞろ〱と随いて行つた。
赫と照る太陽の直射をうけて、
町の小高い丘の上には龍舌蘭が咲いて居た。
花のいただきには、毛氈苔が昆虫を捕らまへて居るやうに、
大きな似顔画の凧を捕らまへて居た。
そして又、広い厚ぼつたい葉の表には
傷痕と見まがふやうな文字で落書がしてあつた。
私は辛つとのことでそれを読み了せた

曰はく
(無——何——有)

大正初期の詩壇は、今の所まだ不明な部分が多い。それは、文芸欄に力を入れていた『沖縄毎日新聞』の終刊、及び其のあとを受けて発刊された新聞の消失、さらには『琉球新報』紙の所在不明等による。残されている新聞を見るかぎりにおいては、「読者倶楽部」欄に掲載されている投稿詩の中に、労働者階級を歌ったのが現れてきたりはしているが、詩壇そのものは、一九一九、二〇年まで、それほど活発であったとは言えないであろう。

沖縄の詩壇が活気を取り戻すのは、一九二一年以後である。有馬潤が、「近年著しく琉球出身の詩人に注目すべき事柄があるので、羅列的ではあるが各個人に就いて語つてみやうと思ふ」と「琉球詩人消息記」(『琉球新報』一九三二年四月十三日〜十五日)を書いたのは、一九三二年(昭和七)になってからであるが、彼は、そこで、大正期の詩壇を振り返って次のように書いていた。

琉球詩壇に於て最自由詩の勃興時代は、僕等がまだ詩作に無関心でいた頃——大正十年前後ではありはしなかつた(か)と考へられる。

その頃詩壇の宿将　佐藤惣之助氏が、琉球に来琉した、その刺激にも依るとおもふが、たしかに琉球詩壇に多くの詩人が輩出したことを覚えている。それら（の）人々の中で、中央的に野心を以て進出した詩人に、上里春生、世禮国男、山之口ばくの三氏がある。

佐藤惣之助が沖縄に来たのは、一九二二年である。有馬のその頃というのは、それからして一九二二年であることがわかるが、有馬があげている上里と世禮は、佐藤が、『琉球諸島風物詩集』にそえた「琉球諸島風物詩集についての後書」にも、その名が挙げられていることからして、すでに詩人として知られていたと言える。山之口が、貘のペンネームを用いるようになるのは、まだ先のことであるが、いずれにせよ、沖縄の大正詩壇は、彼らによって、活気に満ちたものとなる。ここでは、有馬の貴重な「消息記」から、三者に関する消息を見ておきたい。

上里氏のその頃の詩は、ロマン的な象徴派に属する詩だつたと思ふが、僕はあまり氏の作品に接する機会がなかつたのでよく知らない。何でも数年前からプロ派に転換したといふことを聞いている。上里氏が、中央で三木露風氏等と共に、その頃華やかに中央詩壇を漫奇していたことは、沖縄の文学青年等より羨望と尊敬を持たれていたことは事実だ。

上里の詩作は、まとめられたのがないばかりでなく、残されている作品もあまり多くはない（というよりも、詩人としての上里に関する詳しい調査がまだなされていないと言ったほうが正しい）。一九一七年の『文章世界』に「サガニー耕地より」（第十二巻第四号）、「或る月夜に」（第十二巻第六号）等が、上里無春、上里治助のペンネームで発表されているのが見られる。

上里は、「沖縄県立農学校を中退して上京、象徴派詩人の三木露風に詩を学び、詩誌『日本詩人』などに作品を発表」（国吉真哲）したと言われているが、上里の作品は、『日本詩人』には見当たらない。『日本詩人』に詩作を発表したのは、世禮国男で、恐らく国吉の記憶違いであろう。

世禮国男氏も琉球詩人の先輩の一人である。川路柳虹氏の門下?として、大正九年頃詩集「阿旦の蔭」を作つている。この詩集は琉球詩人として沖縄から出た最初の詩集ではなからうか。十二、三年前に見たので現在では、たしかな記憶はないが、何でも氏の郷里?を唄つた南国情緒の豊かな作品が多かつた様である。

かがやかしい将来に向つてスタートを切つた氏ではあつたがその詩集一冊で詩人としての活動は精算され、現在ではすでに氏の詩人的存在は極めて薄い。

大正期の詩人で、将来を最も嘱望されたのは、恐らく世禮国男であったであろう。詩作の発表は、上里より少しばかり遅れるが、一九一八年から二〇年まで『現代詩歌』に、二一年から翌二二年にかけては『炬火』に作品を発表、それらをまとめ川路柳虹、平戸廉吉の「序」を付し、一九二二年二月『阿旦のかげ』を刊行する。有馬の「大正九年頃」というのは明らかに記憶違いであり、また、世禮はこの「詩集一冊で詩人としての活動は精算され」たわけでもない。詩集刊行後の翌二三年三月『日本詩人』に発表された「琉球景物詩十二篇」こそ、彼の最も優れた資質を発揮した作品であった。

上里、世禮に遅れて登場したのが、山之口貘である。貘について「消息記」は、次のように書いている。

以上の両氏よりも若くして、少なくとも詩人的才能は優れ詩作生活にながい経験を積んでいるのに山之口ばくがある。彼の作品程、独自性の独異な境地をもつてる詩を見たことがない。毒舌を以て知ら（れ）る文芸批評家伊福部隆輝氏がばくの詩を評して「蛇精の謡」といふまで極評を下しているが、全くそうした無気味な程異常な表現と技巧を持つているのである。

先年詩誌「詩之家」に僕が、ばくが野心をもつて詩壇に希んだならば、とうに萩原恭二郎以上の詩壇的位置を占めているといふ意味の小文を書いたことがある。が、彼の眼中には詩壇的野心などはみぢんもない。時代思潮に支配されない、でいて、それらの頂上にいつも価値づけられているのが、彼の詩の強みである。

上里、世禮は、同じく一八九七年（明治三十）生、貘は一九〇〇年（明治三十三）生で、それほど年齢に差が有るわけではない。貘の残している詩作のなかで、最も古いのが、「詩稿一九一八年至一九二一年　八篇（制作順）」であることからすると、ほぼ同時期に彼らは、詩的出発をしたといっていいであろう。八篇は、原稿のまま残されていたものであるが、一九二一年から翌二二年にかけて、貘は、八重山石垣島で発刊されていた『八重山新報』紙に、つごう二十一篇の詩作を発表している。しかし、それは、佐武路・サムロ・三路のペンネームが用いられていて、まだ習作と言えるものであった。それらは有馬がいう「独自性の独異な境地をもつている詩」というには、まだ程遠い。貘の詩風が変わっていくのは、その後である。

沖縄の大正詩壇は、有馬が上げているこの三人に、恐らく代表されるであろうが、その他に目立った活躍をしたものがいなかったわけではない。いまでは、殆ど忘れ去られてしまっているのが多い中で比嘉良瑞、ＣＫ生（黒島致良）等は、大正詩史のなかにくりこまれてしかるべき詩人たちであろう。

比嘉良瑞は、世禮国男と共に一九一八年（大正七）から二一年まで『現代詩歌』、二二年から『炬火』に詩作を発表、ＣＫ生は一九二三年『八重山新報』に民謡再生詩とでも呼べる、八重山の代表的な節歌を下敷きにした数多くの作品を発表していた。

6

有馬潤の「琉球詩人消息記」は、一九三二年に書かれたものであることもあって、昭和初期の詩人たちの動向にくわしい。有馬は、そこで「ここ二三年は琉球詩人の最も活動旺盛期で、中央詩壇に目覚ましい進路を開拓しつつある」として、一九三〇、三一年（昭和五、六）頃活躍していた詩人たちについても触れているので、ここでも、有馬の「消息記」を中心にして、昭和初期の沖縄の詩壇を見ていきたいと思う。

東京で「詩人巡査」で有名な好漢伊波南哲がいる。
彼の精力的な精進の気迫さは中央詩壇人の間に於ても、驚異とされている。詩集「銅羅の憂鬱」はすでに現在の彼としては、過去の生産物である。その後の彼の飛躍は、一段と冴えてきている。今春刊行された「詩之家年刊詩集」に収録された彼の力作、「汽関車」と「木立」の二篇は、もつとも彼の性格と詩人的才能を充分に知るに代表的なものだと思ふ　佐藤惣之助氏の信頼と期待を一身に担ふている彼の前途は輝しいものである。帝都の玄関を守護するに忠実である彼の官服とサーベル、タンクの如き強靭な体軀に、一層親愛なる友情を送りたい。

伊波南哲は、一九三〇年に『銅鑼の憂鬱』、三六年に長編叙事詩『オヤケアカハチ』、四二年に『麗しき国土』を刊行。『麗しき国土』は高村光太郎の「序」で飾られているが、高村は、「この詩集で、私が最も心惹かれるのは『郷土詩篇』であった。此処では言葉に乗りうつった詩の本質が、脈々と生きて露のようなものにぬれている。恩納ナベとかいう往古の国民詩人の詩を感じる。かかる詩の国に生れた伊波南哲君の詩が、今後さらに億兆の声となる日の来るよう念じてやまない」と書いている。

伊波は、一九六〇年（昭和三十五）十一月『伊波南哲詩集』を刊行するが、その「後書」に、「私はどちらかといえば郷土詩人であって、故郷沖縄の神話、伝説、風物、人情、芸能の郷土文化を、甲羅のごとく背負って、都会の街を歩いているので、都会を歌うときと、郷土を歌うときとでは、詩の発想と情熱に相違がある。つまり、私は郷里を歌うときにのみ、感覚さえ、民族的な血がわきたって、精神に油が注がれ、点火されるような気がする」と、自作を振り返って書いている。長編叙事詩『オヤケアカハチ』が、伊波の代表的な作品として上げられるのも、理由のないことではない。

有馬が、伊波の後にあげている詩人は、津嘉山一穂である。

同じく「詩之家同人」として津嘉山一穂がいる。

昨年「詩之家」より刊行された彼の得意とする詩集「無機物地帯」の一巻に依り一躍中央詩壇の一画をかち得た果報な彼だ。

超現実主義一派は彼は自分等の領分に籍をおく仲間だとみているが、いささか買ひ損ねている気がする。勿論彼は人生派でも象徴派でもない。むしろ新現実的浪漫派といふ名称にあてはまるべき詩人である。

彼はこの詩集一巻を中央に投じ、詩壇的野心をすて飄然と東京を飛び出し、身を樺太の北端に移した。現在彼は、遠くはるかに望郷の情を抱きながらも、氷雪に閉されたポプラ林の中をぶらつきながら、浪漫的詩魂をますます冴えさせている。

昭和初期の「琉球詩人」について述べるにあたって、有馬が、まず伊波や津嘉山を、真先に取り上げたのは、彼が、伊波や津嘉山等と共に「詩之家同人」であったことによるであろう。山之口貘は「沖縄の芸術地図」で、やはり昭和初期の詩人たちについて触れているが、そこで「津嘉山一穂は改造社に勤めていて、伊波南哲、有馬潤などと佐藤惣之助の『詩之家』の同人で彼には『無機物広場』という詩集があってその才能を買われていたが、現在は所在不明である」と、津嘉山について述べた部分に、有馬の名をだしている。

『無機物広場』は、一九三一年に刊行された。佐藤惣之助が「――コノ書ハ眼ノ中ノ眼ヲキレイニスル。――コノ書ハ血ノ中ノ血ヲ新ラシクスル」と評しているように、新鮮な感受性の横溢した詩集であった。津嘉山は、一九二九年『改造』の、「懸賞詩募集」に佳作入選し、その才能を認められた詩人であったと言えるが、その時同じく佳作に入選したのがいた。仲村渠である。有馬は、津嘉山のあとで、彼について触れている。

北原白秋の「近代風景」の産んだ詩人に、仲村渠がいる。彼は現実線上を遊離した詩人である。彼がもつとも華かなりし頃は、何と云つても「近代風景」の時代であろう。その詩の構想の奇抜さ、軽快な表現、彼は、たしかに鬼才である。（中略）「近代風景」の解消後は僕等の「爬龍船」にしばらく関係していたが、その後東京で、彼の詩友岡崎清一郎氏等と、詩誌「旗魚」を出しているようだが、その他の雑誌には全く発表しない。

仲村渠は、一九二七年（昭和二）から二八年（昭和三）にかけて、『近代風景』に数多くの詩作を発表している。また、一九四一年（昭和十六）春季版日本詩人協会篇『現代詩』にも貘等と共に六篇の詩がとられている。

仲村渠は、貘と一緒に詩作を始めた人である。貘は彼をしのび「仲村渠は中学のときぼくといっしょに『ほのほ』という詩誌をやっていたが、東京では大木惇夫の編集していた『近代風景』に作品を発表し、村野四郎、近藤東などとも知っていたが彼も故人となった」と書いている。

津嘉山一穂そして仲村渠の二人は、「琉球詩人」のなかで、異彩を放った詩人であったといえるであろう。仲村が、詩集の一冊も纒めなかったのは惜しまれる。

有馬の「消息記」は、その後で、井上康文の主宰する詩集社から『群集の処女』を刊行した国吉真善、『母の昇天』を刊行した山口芳光、『生活の挽歌』『野心ある花』の新屋敷幸繁、『ネプチューン』の仲泊良夫、そして桃原思石等についてふれている。

そのなかで、詩人として多少とも名を知られたのは、新屋敷であったであろう。一九二六年四月の『日本詩人』「新人集」にその作品が見られるが、十月には『生活の挽歌』そして、一九三一年（昭和六）には『野心ある花』を刊行、二十五歳で変死した詩人藤田文江の相手として話題にのぼったりもしたからである。

有馬は「死んだ山口芳光は詩人としてもつとも感銘深い、また永久に忘れられない存在である」と書いていたが、彼の詩は、わずかに、一九二六年九月『日本詩人』「新人集」に掲載された、「春愁」「寧日」の二篇のみがわかっているだけで、刊行されたという『母の昇天』は不明のままである。『母の昇天』と同じく国吉真善の『群集の処女』も不明である（その後の調査で山口が『詩之家』に、国吉が『詩集』等に拠って活躍していたこと、詩集の存在など判明）。国吉は、有馬によると「台湾から琉球詩壇に彗星の如く忽然と現れた」という。詩人としての彼の名を知るものは、もはやいないであろうが、しかし「国吉真善」の名は、記憶されてしかるべきであろう。何故なら、山之口貘が、佐武路のペンネームで『八重山新報』に精力的に詩作を発表するようになるその第一作が、「国吉真善君に返詩を捧ぐ」となっているからである。それは、恐らく国吉真善から詩が送られて来たことに対するものであったはずであり、言ってみれば、国吉のそれが、貘の詩作意欲に油を注いだと見ることが出来るからである。

「気取らずに！　気取らずに！／汝自身は汝の／のどもとより湧き出づる／清らかな詩に化せ／自重せよ緊張せよ、力強くあれ／可愛友よ」と歌い出された、国吉真善に送られた詩を始め二十一篇の詩は、貘の処女詩集『思弁の苑』に収録されることもなく、又その後の詩集にも収録されることなくすておかれたが、佐武路が貘へと大きく飛躍していく上で、これらの詩篇は大切なものであったし、「国吉真善」が、その一つの契機を作ってくれたと見ることが出来るのである。

山之口貘の処女詩集『思弁の苑』が佐藤春夫、金子光晴の「序文」を収めて刊行されたのは一九三八年（昭和十三）である。「琉球詩人」の言葉が、確かな脈拍を打って、伝わるようになるのは、ここからであるといえるが、その後ろに国吉真善を初め、無名のまま消えていった数多くの詩人たちが、「琉球詩壇」を支えて、言葉と格闘していたのである。

5　一九三〇年前後の沖縄詩壇

1

浦西和彦は「同人雑誌の時代」[1]で、「一種の同人雑誌ブームともいうべき現象が一九二〇年代に起こった。プロレタリア文学の『文芸戦線』や新感覚派の『文芸時代』を、それぞれの峰として、一九二〇年代、すなわち、大正九年から昭和四年にかけて、そのまわりに次から次へと実に沢山の同人雑誌が発行された。同人雑誌としては、尾崎紅葉・山田美妙・石橋思案らの『我楽多文庫』や武者小路実篤・志賀直哉らの『白樺』などをはじめとして古くから出されている。しかし、一九二〇年代のように、同人雑誌が多量に発行され、一箇の文学史的出来事として隆盛を極めたことは、かつてなかったと思う」と書いている。

浦西はそこで、このことについては、高見順の『昭和文学盛衰史』[2]や小田切進の『昭和文学の成立』[3]に、さらに詳しい記述が見られることを紹介し、当時刊行された同人雑誌名を列挙したあとで、「むろん、それらは主として東京を中心に出されていたのであるが、しかし、東京だけに限定されていたのではない。全国各地で同人雑誌が発行されていたようだ」と続けている。

同人雑誌の刊行ブームが、東京を中心に、地方にまで波及していたことは、ほぼ間違いないはずであり、それは、沖縄の場合も例外ではなかったように思われる。

一九二七年一二月号『文章倶楽部』に、「東京以外の文壇の状勢（二）」という地方の文芸活動の状況を報告した記事がある。古賀残星が、「九州地方の文芸界」を担当しているが、古賀は、そこで次のように書いていた。[4]

青藍の海を背景に、熱帯樹の生ひ繁つた琉球は風光さながら既に詩の王国である。しかも印刷所の設置とともに現今では多くの同人雑誌が刊行されてゐる。島に相応しい「珊瑚礁」を劈頭に、「路上」「版画と詩」「上之蔵」の諸雑誌がある。「珊瑚礁」は創作と詩を主とする極く高踏的なもので、小説に山城正忠、佐山明、詩に菊地亮、川俣順の諸氏が佳作を見せてゐる。「路上」は詩中心で、元気のよい雑誌だ。同人に古波蔵三吉氏を始め他一四名、「版画と詩」は鮮明な雑誌で、船越尚武、有馬潤、古城徳之助の諸氏がゐる。「上之蔵」は山口芳光、松田次郎、仲村渠、山里永吉、松田枕流五氏を同人として、創作と詩に烽火を挙げたばかりだ。八重山には詩誌「セブン」がある。大浜信光、白浜冷夢、森山麦、国吉灰雨、岩崎貞子の諸氏に努力の跡がある。

古賀が報告しているように、沖縄でもそのように一九二〇年代には「多くの同人雑誌が刊行されていた」のである。また古賀の報告にはないが、当時刊行されていた同人雑誌には、「街燈」[5]「爬龍船」[6]等もあり、更に新しい雑誌の発刊の予告等も見られる。[7]そのように、東京を中心にした同人雑誌のブームは、明らかに沖縄にも及んでいたといえるのであるが、現在所存の確認できる雑誌は二、三種しかない。[8]

一九二〇年代末から三〇年代初期にかけての沖縄の詩壇動向を考察するのに、現在所存の確認できる雑誌だけではどうしようもないが、ここでは不備を承知の上で、[9]一九二七年以降、すなわち昭和改元後の沖縄の詩壇動向を見ていきたい。

2

一九三〇年七月二三日付『沖縄朝日新聞』に、山田伶晃は「沖縄の詩だんも近頃盛んになつて結構である」と書いている。[10]また同年八月二日付同紙に越智弾政は「琉球が産める詩人にして現在中央詩だんに活躍しつゝある新進詩人として定評のある詩人に、伊波南哲、津嘉山一穂、泉芳朗、仲村渠、山口芳光を挙げることが出来る」と書いている。[11] 山田の言と越智のそれとは、勿論関係がないとはいえないが、彼らの指摘は、全く別々のものによっていた。

前者は、沖縄で発刊されていた同人雑誌や新聞の学芸欄から受ける印象を記していたといえるが、後者は、中央で刊行されていた雑誌によっての発言である。それも、恐らく、彼が所属していた詩誌『詩之家』を中心にしていよう。

『詩之家』は、佐藤惣之助を中心にして一九二五年七月に創刊されたものであった。[12] 一九二七年一〇月発行第三年第九輯の「候鳥欄」を見ると「伊波興英君入家、詩之家より感想集『南国の白百合』を刊行」「山口芳光君『上之蔵』第二輯を出した」「金城亀千代君、『南方楽園』を改題し近く『南方詩人』を出した」[13] とあるように、沖縄出身者の名前が、その消息欄に多く見られるし、また同輯には、山口芳光、伊波南哲の詩篇が掲載されていた。[14]

昼深し　　●昼の台所は化物屋敷である

箸
昼は化ける
茶碗

昼は化ける
鍋
昼は化ける
ばけつ
昼は化ける
雑巾
昼は化ける
臼
昼は化ける
杓文子
昼は化ける
薬罐
昼は化ける
甕
昼は化ける
昼は盛んに変色する！

郷愁

今宵の星の眸は
故郷！琉球《うるま》に残せる
乙女《みやらび》の霑んだ眸にも似たるよ
瞬きもせで
その眸を凝つめれば
淡紅色の島の乙女《みやらび》達が
前の白浜に降り立ちて
疳高い声で唄ひ続ける幻が
私にまで執拗に明滅するよ。
蛇味線！
泡盛！
毛遊び！
乙女！
……………………。

ＪＯＡＫ。
今宵は放送を止してくれ。
俺は静かに
南方の楽園を偲び
乙女達《みやらび》の唄ふ（愛人の唄《トバラーマ》）を
大空に霑む
星空のアンテナーから聞かう。

「昼探し」[15]は山口芳光、「郷愁」[16]は伊波南哲の作品である。山口は、モダニズムの系列を踏み、伊波は、民衆詩派の系列に連なる詩を書いていたといえようが、山口はやがて『母の昇天』[17]を、伊波は『銅羅の憂鬱』[18]を、それぞれに『詩之家』に発表した詩篇をまとめて刊行することになる。そして、彼らの後登場してくるのが津嘉山一穂と有馬潤である。

五月の愛

部屋ではむつちりした褐色の石塊だ
さびしくない窓のあかい干物を

僕は僕の清い皮膚を、これだけは恐ろしくむつちりした淵の岩だ
黄色な壁も机も花のない花壺も小さい鏡もみな僕をいらだたせる情人だ
仕事場の不潔な思想をぼんぼん払ひ落しても矢張り僕は僕の皮膚だけは憎めない
その怖ろしい静物、僕は部屋をにげる
街の広場で僕は人々と通行する
ゴムマリの僕は噴水をめぐる
季節にうつとりとする僕の美しい花粉だ
ベンチの上で僕は紙片を拾ふ
——日本ではつつじが咲いてゐます
花粉の中で僕はあの娘《こ》を思ひ耽る
電気鉄道の青空のような響をきき
僕は五月の濡れた木の葉に透明な夢を見る

川

川のながれをみてゐると
おそろしうなつてくる、

どうにもならない
にんげんの　よはさがわかつてくる、
たえまない　その流れのちからに
ぐん　ぐん　ひきづられて
それなりに　おしながされるやうな気がする。

「五月の愛」[19]は津嘉山一穂、「川」[20]は有馬潤の作品である。津嘉山は、モダニズムの影響を受け、有馬は、人道主義的な傾向の濃いやさしい表現を得意とする。そして、津嘉山もまたやがて、『無機物広場』[21]を、有馬も『ひなた』[22]をというように、『詩之家』に所属した沖縄出身の詩人たちは、それぞれに傾向の異なる詩集を刊行していく。

越智が「現在中央詩だんに活躍しつゝある新進詩人として」あげていた「定評のある詩人」のうち『詩之家』に所属していなかったのは仲村渠である。[23]仲村は、渡辺修三の「昨年の詩之家では津嘉山一穂と云ふ人のものがよかった。『旗魚』の仲村渠、岡崎清一郎両氏の詩風と並ぶ可きものがあつた」[24]という評に見られるように、『旗魚』の同人として活躍していたが、それ以前から北原白秋の主宰する『近代風景』により、すでにその名を知られていた。

白い独楽

白昼だから　秋だから　原つぱは白かつた
白昼だから　秋だから　空も白かつた
原つぱのまんなかでひとり
戸山学校の生徒が喇叭を吹いてゐた
赤いズボンはいて喇臥を吹いてゐた
白昼だから　秋だから　原つぱは廻つてゐた
白昼だから　秋だから　空も廻つてゐた
赤い心《しん》が澄んで廻つてゐた
喇叭を吹いて廻つてゐた

仲村は、『近代風景』から『旗魚』へと、よりシュル・リアリズムの傾向を強くしていく詩人で、三〇年前後に中央詩壇で最も活躍した一人である。

越智が一九三〇年八月現在「中央詩だんで活躍している」としてあげていた「琉球が産める詩人」たちは、もちろん彼らだけではなかった。「鹿児島には、まづ雑誌『南方楽園』がある。新屋敷幸繁氏の編集になる、地方誌としては立派なものだ。金城亀千代、新屋敷つる子、宮崎紗久子、古市竹路、牧原敏夫、平瀬一雄の諸氏が、文芸各方面に力互って活躍している」と、古賀残星が書いてあるように、新屋敷幸繁がいたし、また、『詩集』同人の国吉真善がいた。[25]

太陽と吾等

太陽は森のうえにあぐらをかいてゐる
われわれはあのやさしい光の糸を
われわれの方にひつぱらう。

わたしはそれを旗竿に結んで
軒下までひつぱつた
ハイカラ豆売の小父さんは
子馬型の尻に結んでひつぱつていく
自転車の上の小僧は
ハモニカを吹きながら
ゆうゆうとタイヤアにまきつけていく
それでも道にはありあまりの糸が

いく千ぼんものべてある
織工場帰りの娘たちは
疲れを忘れて新しい糸にふるひつく
懐にはさんだ貰つたばかりの工賃までが
ぶるぶるふるへるではないか
娘たちの中にはびつこもゐる
毎朝出あふあの娘だ。

おゝ　娘だちよ
かはつた模様をおりたまへ
太陽はたて糸だけを与へてくれた
よこ糸はこの世の哀しさと苦しさだ
貧しさと仕事だ
模様はわれわれの手のよごれと
心のよごれだ
せいを出せ

工賃の不足は
太陽へのストライキだ

太陽は森の上にあぐらをかいてゐる

分数解題

むせかへる生活の層から
掴みあげられた既約分数の分子は
空間に吊るされた蝙蝠のやうに
だらりと翅を伸ばしてゐる。

整数と整数で割つた
小なる新規の既約分数の分子は
むすばれた矢来の中に投げ込まれて
「かゝる奴らはこのとうりでご座る！
ザック！と貫かれた槍尖から

鮮血、血血血……。

かくて息づまる
緊張のむすびが解かれた時
屠殺者の錆びた哄笑が
冷たい濡手拭のやうに歪むだ
あゝ　しかし　蒼ざめた分母の継腸《(ママ)》は
矢来の一線にとりすがつて
血の叫びを喰ひしばる

「太陽と吾等」[26]は新屋敷幸繁、「分数解題」[27]は国吉真善の作品である。新屋敷は民衆詩派に近く、国吉はダダイズムから出発する。新屋敷はいち早く『生活の挽歌』[28]を刊行し、そして『野心ある花』[29]、国吉は『群衆の処女』[30]を刊行する。彼らの名を、越智があげてないのは何故なのかよくわからないが、彼らもまた、越智の挙げていた詩人等とともに、一九三〇年前後に活躍した「琉球が産める詩人」であった。

一九三〇年前後における「琉球が産める詩人にして中央詩だんに活躍しつゝある新進詩人」の

数としては、決して少ない数ではない。さらに当時、ほとんど無名に近かったとはいえ、一九二九年四月号『現代詩評』[31]で「私は詩人としての山之口貘の価値を最初に見出した批評家であることを、私のほこりとし名誉としてゐる。それほどに彼の詩は私に大きな価値であり、彼の出現は驚異でもある」と、伊福部隆輝に絶賛された貘もいた。

越智が、山之口貘をあげてないのは、多分、貘がまだ、詩稿を雑誌に発表してなかったためではないかと思うが[32]、いずれにせよ、多くの沖縄出身の詩人が、一九二〇年代の末から三〇年代の初期にかけて、中央で刊行されていた同人雑誌で活躍していたのである。

3

一九二〇年代末から三〇年代初期にかけて、中央で刊行されていた同人雑誌における沖縄出身詩人たちの活動は、ほぼ明らかであるが、地元沖縄での活動は、ほとんど不明である。それは、他でもなく、沖縄で刊行されていた同人雑誌の多くが散逸してしまっていることによる。同人雑誌だけではない。那覇で発行されていた新聞も、ほぼないに等しく、今のところ、その全体像を掴むことは困難な状態であるが、八重山で発行されていた新聞が数多く残っていることによって[33]、ある程度、同時期の詩的状況だけは取り出して見ることが出来そうである。

不統一な詩

八重山は蒼褪めてゐる
ひよつとすると永遠に健康を失ふかも知れぬ
資本主義が八重山を舐めつけてゐる
三味線の哀音が奇怪な泪を絞る
生き残つた羅災者のやうな女の歌が
浅間しく闘争する人間の欲情と感傷に役立つ

陰部を露出し　性欲を誘発するのが資本主義の正体だ
八重山の横腹は黄色くたゝれた病馬のそれだ
八重山の心臓さへが醜くも変態しやうとする
蠢動する怪物の情熱が
打ち上げられた花火の様に破裂する時
可憐な真紅の花弁が畦道で交接する
深夜の野良に猪の様な恋愛が咲き

島人が年中伝統を正直に反芻する

曠原にマラリアの嘲笑が氾濫する
従順な農民が従順に搾取される
注射も
アヂも
今暫く躊躇する
曠原に——田園に
新しき農民を生み出す事は大きい仕事だ
鈍い銅貨の感触が全村を包んでゐる

黒潮の暖流に孤島八重山よ
今こそ汝の仮面を勇敢に見た
詩の国
歌の国　おゝそんなものは悲しき玩具
舞の国
新鮮な展開も無い毀れた孤島

乳房の如き弾力性を喪つた島・島・島
其の醜悪な仮面を揚棄せよ
自惚すぎた島は今こそ過去を清算すべきだ
八重山は新しく塗色されなければならない

一九三〇年九月二八日付『先島朝日新聞』に掲載された宮鳥鋭なる人の詩である。[34]

　　奮ひ立てよ―
　　　貧農階級―
孤島に跳び廻る為政家
愚劣なる彼等　彼等　彼等は為政者
〇《（不明）》世紀の彼方に捨てられた頭脳よ　政治的見解よ　逆行的政見よ
井の中の蛙よ
彼等―　彼等は封建的残骸―
屍―　屍―　生ける屍だ！！
見よ―

へんぽんと翻る新しき世紀の太陽の如く輝かしき両頬と　颯爽たる思想の翻る
旗　旗
我等の旗―　××の尊い血で真赤に染つて燃え立つ旗の前に　悲しくも怖気を
感じたブルショアジーの泣顔を
崩壊する階級が泣いている。
おゝ―　雪崩れくる思想の嵐だ
轟き渡る我等のプロレタリアートの叫び　叫び　叫び―　民衆のメッセージだ
弾丸だ　弾丸―　もり上がつてくる新興階級のうなりを聞け！！
孤島の岸に
どう　どう　と打ち寄せる波の音をきけ―　今暫らく波の信号を聞け―　きけ!!
源泉はどこか―
あらゆる悪辣な手段を弄して逆宣伝されてゐる　ソヴェート・ロシア　民衆の
幸福××××の脈打つ血潮が語り　囁いているのだ
独善的な　卑怯な　居候武《(ママ)》な
盲目的な為政者を憐め―
固められて行く民衆の団結―

真赤な血が流れてゐる
熾烈な闘争だ　赤い焔だ
そうだ―
俺たちのほんとうの幸福は　俺たちでなければ作れないのだ
貧農プロレタリアート自覚せよ
俺たちは
封建道徳を強ひられて　虐げられ　×取された　だが　立て―　立て―
変る世相を見よ
新しき社会を見よ―
横暴なる××階級に××せざる限り　幸福はこないぞ―
腕を組め―　腕を―　腕を―
俺等の情熱をギッシリと組み合へ―
騙されるな―
血　血　血で染められたプロレタリアートの意志と旗を高く翻せ―
そうだ
反動の波をセキトメろ―

反動の白刃を叩き壊せ―
聞け―
蒼白のブルジョアジーの打つ悲壮な弔鐘を
見よ―
新興プロレタリアートの上に輝く×旗を
　最早俺達は欺瞞されない―
　卑怯者去らば去れ
　我等は××を守る

一九三一年二月八日付『先島朝日新聞』に掲載されたアカブザ生なる人の一篇である。[35] 宮島の詩やアカブザ生の詩は、多分にプロレタリア詩の影響を受けて書かれたものであったが、勿論そういう詩だけが、書かれていたわけではなく、次のようなのも見られる。

　　　　ヨンナ
―胸部！歯車…廻る
―…夢とキッスと雄蕊

「腰部！赤旗・・翻る
」便所の中は百鬼夜行だ
—…生々しい現実の怒つた薔薇
「ダイナマイトを踏んで見ろ！

短詩　動物学

一　伝書鳩
恋文を抱えて
帰心矢の如く愛妻に飛ぶ

二　燕
諸国へ転任の外交官
電線へ並んで通信する

三　雁
月夜の編隊飛行
合言葉をとき〴〵交わす

四　孔雀

扇に開らく美麗《うつくし》さ
興奮は君を美装する

五　ヲーム

歌を忘れて
生意気に単語を囀る

六　鴉

烏合の衆が森へ行く
日が暮れて淋しい

七　目白

赤い椿の花が咲く
恋に盲ひて瞼が白い

八　鷹

大名死んで鷁になる
会社は君を採用せぬ

九　天翁鳥

無人島の一大糞肥し
大衆の力は偉大である
　十　七面鳥
変態性欲の夫婦《ふたり》の肉
はおいしそうです
　十一　チヤボ
庭先の点景物
コボレモノに余禄あり
　十二　鷲
王様は孤独である
真理を掴み　大空に飛ぶ
　十三　鶯
庭先へ春が来た

「ヲンナ」は、一九三一年一月一日付『八重山新報』に掲載された白浜突なる人の一篇で、[36]「短詩　動物学」は、同年四月一五日付同紙に掲載された温品克己の一篇である。[37]白浜のはアナキズム系列の詩に、温品のはモダニズム系列の詩に属するものである。

八重山詩壇は、一九三〇年代に入ると、そのように、既成の価値を否定するような詩やプロレタリアの自覚を唱える詩とともに、一方では意味の脈絡を断ち切り感覚によって語を連ねていくような詩篇や機知を武器にした詩篇が現れてくる。その傾向は、一九二〇年代になって現れてきたものであったし、その影響が、三〇年代に入って八重山詩壇にも現れてきたといえるであろう。

とすれば、一九二〇年代末から三〇年代初期にかけての那覇を中心とする詩壇もまた、八重山とほぼ同じような状況を現出していたと考えることが出来るはずである。

4

一九二〇年代末から三〇年代初期にかけての詩壇は、どのような状態にあったのだろうか。山室静は「昭和詩の展望」を書くにあたって、吉田精一の「昭和詩史」に準拠しつつ、次のように書いているという。[38]

第一期は、大正末から昭和八、九年にいたるほぼ一〇年間であり、大震災後のダダイズムやアナキズムの叫喚詩からはじまり、一方にプロレタリア詩の勃興、他方に「詩と詩論」を中心にするモダニズム、シュル・リアリズムの開花という平行現象を呈しながら、昭和六年の満州事変勃発以降、急速に反動化した社会情勢の中で、左翼の文学団体は解体、一切のアヴァンギャルド的な芸術運動が有形無形の抑圧をうけて生気を失うに到るまでの期間。

大岡信は、「ダダイズムやアナキズムの詩は、大震災後にはじめてうまれたものではない」ということから、「細部については若干の修正を必要とするだろう」としながら、山室の時代区分を「おおむね同意できる」ものとしていたが、そのことはともかく、二〇年代末から三〇年代初期にかけての日本詩壇は、ダダイズム、アナキズム、プロレタリア詩、モダニズム、シュル・リアリズム等の思潮の渦巻いた時代であったし、沖縄の詩壇も幾分遅れながらではあれ、その影響を受けていたことは、宮島やアカブザ生そして白浜、温品等の作品が示していよう。

新聞詩壇を賑わせたのは、しかし、彼らではない。詩作を始めたばかりの投稿者が、詩壇を支えていたのであり、[39] 彼らのような詩は、むしろ少なかった。そのことは、他でもなく、中央の詩壇と隔たっていたことによるであろうが、いずれにせよ、一九二〇年代末から三〇年代初期にかけての沖縄詩壇も、これまでとは異なる詩篇が現れ始めた時期であったということができよう。

〈注〉

1　『講座昭和文学史』第一巻「都市と記号〈昭和初年代の文学〉」所収。

2　平野謙も『昭和文学史』の中で、「高見順の『昭和文学盛衰史』上巻の「源流行」という一章は、当時の同人雑誌の花ざかりを詳しく描いた貴重な文献ということができる」と書いている。

3　「空前の同人誌時代―『山繭』『青空』『辻馬車』『大学左派』など―」の章。小田切の『昭和文学の成立』は、同人雑誌の動向を検討しつつ書かれたものである。

4　「五、鹿児島及沖縄」の項。

5　創刊年不明。第四輯が、沖縄県立図書館に所蔵されている。奥付がなく正確な発行年月日は判らないが、「先帝陛下御崩御遊され慎みて哀悼の意を表す　恐懼　恐懼　謹言　昭和二年一月一五日　街燈同人」とあるところから、創刊が一九二六年であったと推測される。同人として當間黙牛、尼月前、新木孤星、露山一穂、白塔埋木、山白星輝、有馬澄まさの名が見える。

6　所在不明。一九二八年一一月三日発行『詩之家』「候鳥欄」に「山口芳光君、伊波君と共に『爬龍船』に入る」とある。『爬龍船』は、沖縄で発行されていた同人雑誌ではないかと思う。

7　一九二九年八月一一日付『琉球新報』に「文芸雑誌『でいごの花発刊』の見出しで「那覇を中心としての文芸雑誌が尾切蜻蛉であることに鑑み、今回秋田県出身にして、現在東京に於いて活躍し居る新進歌人石田勝哉氏並に宮里良栄氏の主宰にて他年計画中であつた『梯梧の花』を発行することにした。因に同人は左記五名で八月の中旬頃発行する予定であるが尚ほ編集は辻町三丁目二十番地新島政之助氏が担任することになり同氏へ原稿は送付ありたしと　石田勝哉　宮里良栄　伊良波長清　国吉寒露　新島政之助」とある。雑誌の所在は不明。

8　『上之蔵』第三号だけ沖縄県立図書館に所蔵されている。仲村渠、山口芳光等の作が掲載されている。奥付がなく何年に発行されたかは不明である。一九二七年一〇月三日発行『詩之家』「候鳥欄」に「山口芳光君『上之蔵』第二集を出した」とあるところから、第三号の発刊年を二七年から二八年にかけての時期であったと推測することができよう。

9　那覇を中心に刊行されていた同人雑誌がほとんど所在不明であっても、新聞が残されていたら、学芸欄に掲載されている作品である程度の考察が可能なのだが、その新聞も沖縄本島で発行されていたのは、所在不明で、ほんのわずか切り抜き等が残っている程度であり、本格的な文学活動状況を概括するのは、今のところ困難である。

10　「新詩と新曲」。

11　「好漢伊波南哲を生かせ」。『銅羅の憂鬱』が刊行されるにあたって、書かれたものである。

12　佐藤惣之助「詩之家第一年」（一九二六年七月一日発行『詩之家』掲載）。『詩之家』創刊号は未見。欠号が多く、沖縄出身者の動向が全て判ると言うわけではないが、中原図書館（神奈川県川崎市）に所蔵されているものからだけでも、多くのことがわかる。

13　金城亀千代も沖縄出身者であろうか、一九二八年三月三日発行『詩之家』「候鳥欄」に「金城亀千代君、陽介と改名、八幡市日出新聞に在り」とある。いち早く『詩之家』に作品を発表している。

14　『詩之家』の揃いを見ることができないため、ここでは、所蔵されているだけの号によってみていくことになるが、彼らの名前が最初に現れるのは、第三年第九集である。

15　他に「病床永日●皆んな退屈で楽しんでゐます」の一篇がある。

16 他に、「憂鬱」の一篇がある。
17 一九二九年六月発行。一九二九年八月一日発行『詩之家』は、「『母の昇天』批評」を組んでいる。評者に伊福部隆輝、渡辺修三、吉岡清橘、竹中久七、有馬潤、伊波南哲等が名を連ねている。
18 一九三〇年一〇月発行。一九三一年二月二日発行『詩之家』は、「『銅羅の憂鬱』批評」を組んでいる。評者に塩川秀次郎、渡辺修三、藤村端、三ツ村繁造、津嘉山一穂、鵜沢覚、杉浦杜夫、菊地亮、月原橙一郎等が名を連ねている。
19 他に、「新開地の夜」一篇がある。
20 他に、「ちいさい児」「ひなた」「母」「芽」の四篇がある。
21 一九三一年二月発行。『詩之家』は、多分「『無機物広場』批評」も組んだと思うが、所蔵されている号の中には見当らなかった。
22 一九三二年四月発行。岡本恵徳『現代沖縄の文学と思想』所収「近代沖縄文学史論」参照。
23 『近代風景』『旗魚』等に拠って数多くの詩を発表しているが、詩集を刊行していない。岡本前掲書参照。
24 「去年のことなど」。一九三二年一月一日発行『詩之家』。
25 その他にも、『歪んだ感傷』（一九三一年）を刊行した羽地恵信、『ネプチューン』（一九三一年）を刊行した仲泊良夫、『織月』（一九三二年）を刊行した又吉祐一郎等がいた。これらの詩集は、『日本文学』（新屋敷幸繁編集兼発行）の広告によって判ったことであり、未見。
26 『南方楽園』（新屋敷幸繁編集）一九二七年六月一日発行。他に「昼の画布」「傘行進」の二篇がある。同雑誌には金城亀千代、新屋敷つる子、白浜冷夢等も詩を発表している。
27 『詩集』（井上康文編集）一九二七年十二月一日発行。国吉晩鳥は暁鳥の誤りであろう。暁鳥は、真善のペンネーム。他に「解答」一篇がある。

28　一九二五年一〇月、東京緑蔭社から刊行。

29　一九三一年四月、日本文学研究社から刊行。

30　一九二九年。一九二九年七月一日発行『詩集』は、大蔵徳英「『群衆の処女』印象（感想）」、小中精三「『群衆の処女』の価値（評論）」を掲載している。同詩集は未見。

31　「山之口貘の詩に就いて」。一九二九年三月一日発行『現代詩評』（北原白秋編集）創刊号「会員動勢」の「新入会員（一月―二月）」名簿の中に山之口貘の名が見える。

32　伊福部は「山之口貘の詩に就いて」で、貘の詩を二篇「青空に囲まれた地球の頂点に立つて」と「解体」とを挙げている。両詩編がどういう雑誌に発表されているか不明。貘は、「ぼくの半生記」で「ぼくがはじめて総合雑誌に詩を発表したのは、昭和六年の『改造』であった」といい、「その後、『文芸』『中央公論』にもぼくの詩がのるようになったのであるが、詩専門の雑誌に関係するようになったのは、昭和一二、三年ごろからで」「結局、ぼくははじめ総合雑誌から詩壇に出たようなもので、その点、行き方がほかの詩人たちとはちがっているわけだ」と書いている。それは、同人雑誌には、関係しなかったということなのかどうか明確ではないが、今、確認できるのは、貘が詩を雑誌に発表しはじめるのは一九三四年以降で、それ以前のことについては明らかではない。

33　『八重山新報』一九二三年～一九三四年。『先島朝日新聞』一九二八年～一九四〇年。『八重山民報』一九三二年～一九三五年。『海南時報』一九三五年～一九四五年。

34　一九三一年二月五日、一五日付『八重山新報』で、宮鳥鋭は「詩集『銅羅の憂鬱を読む』」で、伊波を批判、それに対し同年三月二五日、四月五日、一五日付同紙で伊波は「落第詩人宮島某へ一言」を書き反駁、論争が始まる。

当時の八重山で刊行されていた新聞の学芸欄は、東京から寄稿する伊波の独壇場の感を呈していて、詩や小説の連載だけでなく、八重山に関するエッセー等も多く見られる。宮島は、そこにみられる伊波の考えに不満を持っていたかと思う。「不統一な詩」は、そのような思いを書いたものであると読める。

35 一九三一年二月一日付『八重山新報』に、「大浜アカブザの旗上げ、黒蜂隊団結第一声」として「黒蜂隊同人」の「宣言」が掲載されている。そこで、黒蜂隊は「大浜村政及び、極度に萎靡せる地方農村の革新」のために立ち上がった団体であるとしている。アカブザ生は、その一員であろう。

36 白浜の「ヲンナ」は、萩原恭次郎の「ヲンナを讃美する」（『詩集死刑宣告』所収）の盗作である。引用するのにも問題はあるが、当時の詩壇状況をよく照らし出すものであるかとも思うので、あえて引用した。

37 温品が、八重山出身であるかどうか不明。

38 大岡信『昭和詩史』。「昭和詩の展開は、戦後詩をも含めていえば、大きく分けて三つの時期を考えることができよう」といい、山室の区分を引用している。

39 『八重山新報』の詩壇を賑わせたのは浅香子緑、花城朝俊、阿羅迦奇しげる、南百合夫、古籐早見等であり、『先島朝日新聞』では抱夢、宮良高夫、新垣しげる等であり、『八重山民報』では星克、江原秀夫、伊志嶺安保等であった。

◆コラム◆沖縄の近代現代の歌

新しき歌のふくろを胸に秘めて君や午睡の夢に笑まさむ
年頃に願ひし新派の琉歌見るよき日としるすわが若きうた

一九〇九年（明治四二）七月十五日付『沖縄毎日新聞』は、まぶにてふしん（摩文仁朝信）の「夏草　柳月庵主人の午睡の巻をみてあまりのうれしさに」と題された歌六首を掲載していた。そのうちの二首である。

柳月庵主人（真境名安興）の「午睡の巻」七首が、『沖縄毎日新聞』に掲載されたのは七月八日。「新琉歌壇」を冠して登場した最初の琉歌で、そのあと九日七首、十日六首、十一日六首、十二日六首、十五日六首、十七日六首と続いていく。

摩文仁の「夏草」六首が掲載されたのが七月十五日だということは、「午睡の巻」の掲載が終わらないうちに摩文仁は「夏草」を寄稿していたということになる。真境名の歌の掲載が始まって間もなく、摩文仁がそれを讃える歌を寄せたのは、彼の歌がよく示しているように「午睡の巻」が彼の待ち望んでいた新しい歌であったことによっていた。

「午睡の巻」には、次のような歌が見られた。

(1)硝子窓もれる洋琴（おるがん）の音も芭蕉の葉の雨に絶へていきゆさ
(2)布哇てる島や果報な島やよらののさひもないらぬ糸の上から
(3)ブラジルやたいんす秘露てる島も沖縄おまんちゆのもたへさかへ
(4)八重山からあかた馬尼刺てる島に恋の船橋の架けやならね

「午睡の巻」四十四首の中から抽出した四首である。

沖縄の伝統的な表現形式である八・八・八・六音四句三〇音からなる琉歌の「新派」だとされた「午睡の巻」は、(1)の「硝子窓」、「おるがん」、(2)の「布哇」、(3)の「ブラジル」「秘露」、(4)の「馬尼刺」といった、旧来の琉歌には見られなかった素材や国名を取り込んでいた。そしてそれらが、琉歌の常套表現といっていい「糸の上から」「もたへさかへ」「恋の船橋」といった用語とともに何の違和もなく歌い込まれていた。摩文仁はそこに、琉歌の世界が、広がっていく様を見たに違いない。

摩文仁は、真境名の歌が掲載される十日ほど前の六月二十八日「緑陰囈語」を発表していた。彼はそこで、「琉球文学の花である琉歌は非常に盛んになつた。しかし詠者は老人か保守的傾向の人である。予はこれを旧派と称する」として、旧派批判を行っていた。そして十一月一日には、「琉歌に就て」を万緑庵の筆名を用いて発表する。摩文仁はそこで新派と旧派との違いをあげ「新派が旧派にまさること」を、縷々説いていた。

摩文仁の旧派批判は、「新琉歌壇」の開設によっていよいよ活気づいていったといっていいだろうが、それはすぐさま和歌の世界にも及んでいく。

一九〇九年十一月二十六日付『琉球新報』は金城成珍の投書「所謂新派の和歌を読む(上)」を掲載。金城はそこで「近頃の新聞を見ると新時代の思想を新しき技巧で歌うと云ふ少年等が吾々の和歌なり琉歌なりを目して旧派の歌だとか天保老人の歌だとか言つて相手にして呉れない」といい、いわゆる新派の歌だとされるものをとりあげて論じていたが、その論が終わらないうちに、反論が現れ、新派の歌をめぐる応酬が活発になっていく。そして一九一〇年(明治四三)二月二十七日には、勢理客宗勇の「警鐘(一)所謂新派歌人に与ふ」が出てくる。彼はそこで、沖縄の詩歌壇をみてみると、長風、狂浪、浦舟とかいったのが歌を作っているが、新派の歌でも旧派の歌でもない、彼等には歌の「根本義」がわかっていないのではないかといい、その(二)と(三)で実用文と詩歌との違いを、例をあげて説き始めたところで、勢理客に名指しで批判された狂浪が、「勢理客宗勇君に与ふ」を発表する。一九〇九年十一月二十六日金城成珍によって引き起こされた新派和歌論争は、そのように勢理客対狂浪の応酬、鳥江生対落紅、勢理客との論争を経て、一九一〇年四月十三日に掲載された落紅の「鳥江君に答ふ（六）」で打ち切られる。

一九〇九年から一〇年にかけて、沖縄の歌壇は、最も華やかな時代を迎える。朝信の「琉歌に就て」も勢理客らの「新派和歌論争」も、その間の状況をよく伝えるものであったが、論争はまた、狂浪が勢理客を批判した「足下は西平野の守や山城正忠君を以て球陽詩壇の第一流と称したれども敢て問ふ。そは何を標準としての論拠ぞや。野の守君の作は未だ拝見せざれば暫く置き、正忠の作ならば球陽詩壇に於ては第二流あたりに属するものと吾人は認む。先ず球陽詩壇に於て一流とも云ふべきは故末吉詩華君の兄たる末吉落紅君なり。第二流としては浦添蛙村、摩文仁亡羊、山城正忠、上間正雄、我謝青圩等の諸君にして第三流としては摩文仁朝風、比嘉迷舟、福島霊泉君ならむか」といった箇所に見られるように、当時活躍していた新派の歌人たち及び彼等がどう評価されていたかを教えてくれるものともなっていた。

一九一〇年頃になると狂浪が上げていたように、数多くの新派歌人が出てきて沖縄の歌壇は活気づくが、新派の和歌もまた琉歌がそうであったように柳月庵・真境名安興から始まっていく。

一九〇二年（明治三五）三月二十九日『琉球新報』は、柳月（真境名安興）の「をりをり草」（十二回）を掲載していくにあたって「新詩壇」を冠していた。そのあとの「なよ竹集」（三回、十月十七日

〜十二月一日）及び「こぼれ松葉」（四回、一九〇四年十二月一日〜十二月十一日）にも同じく「新詩壇」を冠していた。

真境名の歌に限って「新詩壇」を冠して掲載したのは、彼の歌に、「新しき歌」を読み取ったからに違いない。

いにしへの雁のたよりことづても日々に告けくる針金の音
吾妹子か思ひ一つのはりがねの糸にもぬける美世もあるかな
（二首電信欄をよみて）
待たるるを待つもうれしや時しあればいつもたがはぬ逢坂の関
（時計をよみ）

「をりをり草」に見られる三首である。「電信」機や「時計」といった近代化の象徴ともいえる機器を読み込んだところに新しいところが見られるが、真境名の「新詩壇」に始まった新派和歌は、同じく一九〇二年五月二十九日「新派詩集」を冠して掲載された金鳳女史、その後個人詠歌集のかたちをとって掲載されていく訃紅女、月川泣鴦、うてなの舎を経て島袋濤韻、長浜芦琴、奥島洋雲、漢那浪笛と続き、狂浪の上げていた歌人たちにいたって名実ともに新派の和歌として、

「同風社」等の結社に拠って活動していた旧派の歌人たちと袂を分かつことになる。

比嘉春潮の「太洋子の日録」（一九一〇年十二月十四日の項）をみると「島袋盛敏君から来書。和歌が『中学世界』で天賞を得たとある。竹島君から雑誌を借りて見ると　したたかに黒き顔してなつかしき　兄嫁だちに旅語りする　選者は晶子女史。君の得意思ふべし」とあるのが見られる。沖縄の歌作者たちの中には、地元の新聞歌壇によらず、島袋盛敏のように、東京で出されている雑誌に投稿していたのもいたし、山城正忠、摩文仁朝信、末吉落紅、上間正雄のように『明星』『スバル』『創作』等に拠って作品を発表していく歌人たちも現れてくる。

礼知らす南蛮の子は帝ます都に入りぬ黒き額して（山城正忠『明星』一九〇七年九月）
琉球の悲しき歌を口ずさむたはれ男とわれもなりけり（上間正雄『スバル』一九一〇年四月号）
親の親の遠つ親より伝へたるこの血冷すな阿摩弥久の裔（末吉落紅『スバル』一九一〇年四月号）
いたましき首里の廃都をかなしみぬ古石垣とから芋の花（摩文仁朝信『スバル』一九一一年六月号）

「南蛮」「琉球」「阿摩弥久」「廃都」といったように四者四様の沖縄が歌い込まれていたこれらの歌には、それぞれの作者の個性的な顔立ちがくっきりと立ち現れていた。

沖縄で、日本語教育が始まったのは琉球処分直後の一八八〇年（明治十三）。それから三〇年、真境名の新派の歌から数えてほぼ十年、沖縄の新派の歌は、ここまで来ていたのである。

大正期になると各新聞ともに歌壇をもうけ、山城、末吉、上間等を選者に据え、新たな歌人たちの発掘にあたっていく。首里、那覇では短歌雑誌が発刊され、「国吉真哲、新島政之助、新田矢巣雄、上里春生、桃原思石、山里永吉、松田枕流などの詩人歌人がいて、琉球の文壇は賑やかであった」（山之口貘「ぼくの半生記」）といわれ、一九二四年（大正十三）には「琉球歌人連盟」が生まれ、一九二六年（大正十五）には『琉球年刊歌集　第一集』が刊行される。

(1)きのうから妻と心のあはないのはこの曇り日の空のせいだらうか（池宮城積宝）
(2)酒と甘藷豚肉のあぶらに腹ふくれ寝むたそうな故里の裔（漢那浪笛）
(3)冬の朝あひるが二羽陽を浴びて声をあげつゝ垣をつゝいてゐる（山城正斉）
(4)散歩の途上淫らな視線が惜し気なく女の素足にキスしてゐます（禿野兵太）

『琉球年刊歌集　第一集』に収録されたうちの四首である。歌集刊行に携わった国吉真哲は「大正十五年ごろ中村孝助が口語歌で農村生活を追求したが、従うものがなかった。また沖縄でも名嘉元浪村、若原啓二、桃原邑子さんたちが、口語歌の傑作を発表したが、つづかなかった」（『国吉真哲歌集　ゲリラ』一九九二年三月）と回想していた。国吉が上げていた歌人たちの他にも、池宮城、漢那、山城、禿野のように「口語歌」に挑戦した歌人たちがいて、それが、明治の歌と大正の歌とを区切る一つの大きな境界になっていた。

年刊歌集が刊行された翌一九二七年、城田徳隆は「口語歌」について「現在の沖縄の短歌界が旧套を脱し得ず文語歌の盛んに詠まれてる時に於て口語歌の運動が叫ばれるのは当然ではないか」(『沖縄朝日新聞』十月十三日)と書いていた。城田のそれは、「お馬鹿の例証を其まゝ―蓮子のあまに―」の中に見られるものである。城田に名指しで批判された水野蓮子は、当時「朝日歌壇」等で活躍した歌人であり、年刊歌集にも二〇首ほど収録されていた。

(1)心にもありぬいつはり云ひにけりいみじき人を一人もつため(水野蓮子)
(2)人の子の母ともならん日のありやなどゝ思ひて年をむかへぬ(島袋哀子)
(3)囚人の鎖の如く妻といふ名を呪ひたりいらだてる身よ(池宮城美登子)

『琉球年刊歌集　第一集』に登場した女性たちの歌である。

太田良博の「沖縄文壇史(その一)」(『沖縄文学』創刊号、一九五六年六月)は、「大正期を通じて短歌界は女流歌人にリードされていた」と書いていたが、年刊歌集に収録されている「女流歌人」は水野、池宮城、島袋の三名、歌はないが巻末の「歌人録」に名を連ねている野里(澤―筆者

注）仙子を含めても四名で、決して多い数とは言えないが、その他に「忍冬さん（釈迢空門下、伊波先生夫人）、改造社の現代万葉集に入選歌を持つ文鳥さん（細井魚袋門下、比嘉春潮夫人）や、外に浜野哀子さん（島袋源七夫人）、又吉弘子さん（詩人古波鮫漂雁夫人）たちの短歌が当時の沖縄の新聞紙上を賑わした」（金城芳子「沖縄の女歌人」『おきなわ』一九五一年一〇月）といわれているように、確かに大正歌壇は、あと一つ「女性歌人」たちの登場で、明治の歌壇とは異なるものがあった。

昭和戦前期の沖縄歌壇も、大正中期以降と同様、歌人たちの活躍の場となっていた新聞の消失で不明の点が多いが、目を転じて県外で刊行されていた短歌雑誌を見ていくと、驚くほど多くの歌人たちが登場していたことがわかる。そのうちの幾つかの歌誌とそこに発表の場を求めた主要な歌人たちとを上げておけば『覇王樹』の島袋俊一、『国民文学』の渡名喜守松、『冬柏』の山城正忠、『日本文学』の桃原邑子、『多摩』の泉国夕照、『アララギ』の城山達朗、並木良樹、神山南星、『心の花』の島袋全発、『水瓶』の比嘉真徳といった歌人たちが上げられよう。その他無数の短歌雑誌、投稿雑誌に登場した歌人たちとなるとこれまた無数としかいいようがないほどである。

昭和戦前期の歌が大正期のそれと異なるものがあるとすれば、それは、次のような歌が現れてきたことにあろう。

(1)六調子、稲摺りの舞、街になる三味線、太鼓、尾類馬をどる（山城正忠）
(2)健《すこや》康《か》にありたるならば癩患者など吾もうとみてをるにやあらん（城山達朗）
(3)自らは癩なりといふ意識ありて心すなほに人に対へず（並木良樹）
(4)人の目をさけて暮しし故郷も秋風立てば恋しかりけり（神山南星）
(5)敵陣のま近に進む我隊の兵らはなべて黙り伏したり　前線回想（比嘉真徳）
(6)崇元寺の下馬碑ひそけし門前に梯梧の花は咲きさかりつつ（島袋全発）

さらにこの時期現れた大切な歌ということになれば、次のような歌も忘れてはいけないであろう。

(1)郷里の母の送こせし結餅を再渡航の友渡せり我に（比嘉静観）
(2)訪ね来し理由を明らかにはわが言はず砂糖相場など語りて帰る（当間嗣郎）
(3)わが母の手紙の文字は常日頃弱きわが身のことにつきたる（比嘉里風）

『短歌研究』の「海外歌壇」に見られるもので、彼等は「布哇ヒロ銀雨詩社」に属して歌作にいそしんでいた。ハワイには、沖縄からの移民が数多くいたのである。

昭和戦前期の歌壇の特色をあと一つ上げておけば、尚文子や、山口幾久子のように、積極的に沖縄をうたった歌人たちがいたことである。彼女たちの歌によって沖縄を知ったものも少なからずいただろうが、それ以上に、彼女たちが、沖縄の歌人たちに与えた衝撃は決して小さくなかったはずである。

一九四五年七月号『心の花』は「仏桑花砂糖黍も焦げ赤瓦の家々崩えし那覇の街おもふ」他一首を山口は発表していたが、四月一日の沖縄本島上陸で始まった日米最後の決戦は、六月二十三日、日本軍の壊滅で終わる。「那覇の街」の赤瓦の街並みが消えただけでなく、地上にあったもの一切が消えていた。

戦後沖縄の短歌は、「心音」(『うるま新報』)欄に登場した島袋全発、池宮城積宝、山田裂琴、上間草秋といった、明治の末期から活躍した歌人たちの作品の掲載から始まっていく。

かにかくに日本にゐるうからからの消息ありて秋立ちにけり　(西幸夫・島袋全発)

沖縄は東のスイスよき島にてパブ叔父語るパブはよき叔父　(池宮城積宝)

艦砲にくづほれし丘の陰にしてみんみん蝉鳴けり大き蒼空　(山田裂琴)

大いくさおえて少女ら踊るなり始めて涙わがほゝをつとう　(上間草秋)

やっと戦が終わったという思いが、しみじみと伝わってくるものであり、長年にわたる歌作の力量のほどをよく示してもいた。

一九五〇年、小林寂鳥（島袋俊一）は、「戦後の沖縄歌壇」（『うるま春秋』第二巻第三号）で「戦前もそうであったが、戦後の沖縄においては、なおさら歌壇などと、ひらきなおるほどの存在はなさそうに思える」といい、「沖縄の短歌界は、たとえば流れに浮かぶ泡沫みたいで干魃になるとその源までかれてしまうし、出水のさいはしばしの憩いもできぬほど生滅する。／短歌がつぎつぎに芽生えて成長し、歌人たちが安らかに息吹き、そして実を結ぶことの出来る地盤が歌壇であるとするならば沖縄にはまさしくそういうものの存在は見当たらない」と慨嘆し、「心音」欄に掲載された短歌を紹介していくかたちで、沖縄の戦後の歌壇の様子を報告していたが、それから三年後の一九五三年（昭和二十八）五月「九年母短歌会」が発足する。そして五月五日には、『沖縄タイムス』に「九年母短歌会同人集（一）」を発表し、「十二月までに回数にして十六回、作品数一八六首」（松田守夫「九年母小史（二）」）に及ぶ活動を行うまでになる。

一九五四年（昭和二十九）年三月、九年母短歌会の歌誌『九年母』が創刊され、小林を慨嘆させた戦後の沖縄歌壇も漸く活気を取り戻しつつある中で、九月、新川明の「短歌に対する疑問＝九年母短歌会の人達に＝」が発表される。新川の「疑問」に対して『九年母』の編集発行人であった松田守夫が「短歌への信念＝新川明君に応う＝」を発表、以後新川明、大城宗清、照屋寛善、玉栄清良、新川明、大城立裕、玉栄清良の順で「九年母」同人の短歌をめぐる発言が相次ぎ、いわゆる「九年母論争」が、翌五五年三月まで続いていく。新川によって提出された「形式」および「抒情性」への疑問に始まった応酬は、「第二芸術」論争を彷彿とさせるものがあったが、「九年母論争」が注目に値するのは、出発したばかりの戦後の沖縄歌壇を痛撃したということだけに留まらず、沖縄の近代短歌と現代短歌とを分かつ分水嶺になったという点にあった。短歌史の観点からすると、明治・大正以来活躍してきた歌人たちが退場し、戦後になって活動を始めたいわゆる新人たちの台頭が顕著になり始めていた時期にあたっていた。

九年母短歌会の後、芽柳短歌会（一九六〇年）、梯梧の花短歌会（一九七〇年）、沖縄県歌話会（一九七六年）等が結成され、沖縄の戦後の短歌壇が華やかになっていくなかで、歌も大きく動き出して行く。

(1)祖国への復帰はすでに祈願ならず火の叫びとも夜空をこがす（宮城ヨネ）
(2)再び捨て石とならざる保障なき復帰十年なほ重く（国吉茂子）
(3)四十年のかなしみの果てに日の丸を焼きたり祖国といふ語は甘し（津波古勝子）
(4)ニッポンは母国にあらず島人の心に流す血をみつむるのみ（玉城寛子）

(1)から(3)までは、『沖縄文学全集第3巻　短歌』(一九九六年六月)から、(4)は『くれない』(二〇一三年四月)から拾ったものである。沖縄の現代短歌が、何と向き合ってきたかがわかるものとなっていよう。沖縄の現代短歌が、日本の短歌と分かつものがあるとすれば、その一つはここに現れているであろうが、勿論、沖縄の現代短歌の際だった点はそこに見られるだけではない。

沖縄の現代短歌をよく示すものといえば、一九九九年九月二十九日から十月二十六日まで二十七回にわたって、大岡信が「折々の歌」で取り上げた二十七首がある。二十七首はのち『新折々のうた5』に納められていくが、大岡は、その「あとがき」で、二十七首が、一九九五年に、終戦五〇年を記念して編まれた沖縄合同歌集『黄金森』その他から取られたものであること、そこには「沖縄の人々の重畳する無念の思い」がつまっていると思ったので「沖縄サミット」が開催されるに先立って紹介した、と言ったことが書かれていた。

その中の二首。

夢見るから戦争の話やめてとふ幼き抗議に身は焼かれゐつ　(新里スエ)

六三・三%戦死せるこの村に三歳の吾は生き残りたり　(永吉京子)

『黄金森』が、終戦五〇年目にあたって編まれたということもあろうが、二十七首には、沖縄戦を歌った歌が数多く見られる。沖縄の歌人たちが、沖縄戦を歌うのを止めないのは、戦争が忘れられないからではない。それを忘れさせない現実が、目の前にあるからに他ならない。

ハーフムーンと呼ばれし森に四千の遺骨眠れり手付かずのまま（比嘉美智子『宇流麻の海』）

軍機飛ぶ沖縄の空は夜か昼かF15・KC10はちゃめちゃ（玉城洋子『月桃』）

時を停め生活《たつき》をとめて何事もなかったような不発弾処理（伊志嶺節子『ルルドの光』）

一九一一年（平成二十三）から二〇一三年（平成二十五）にかけて刊行された歌集から拾ったものである。まだ終わらない死者の収骨、基地を飛び立つ戦闘機の轟音そして整地のたびに出てくる不発弾を歌ったこれらの歌類は、相次いで刊行された近年の歌集をめくれば、続出してくるものである。沖縄の状況が変わらない限り、沖縄の歌人たちは、さまざまな非難を承知の上で、沖縄戦を歌うことを止めないであろう。

あとがき

有馬潤が「琉球詩人消息記」を『琉球新報』に寄稿したのは一九三二年四月。そこで彼は大正末から昭和初期にかけて活躍した詩人たちについて紹介していた。有馬にそれが出来たのは、「沖縄の小学校で絵の先生をしながら、『詩と版画』『爬竜船《ママ》』という同人詩誌を出していた」（伊波南哲「落葉を焼く煙」『炉辺物語』所収）と言われているように、「詩誌」の編集を担当していたことがあるからにちがいないし、何よりも彼が詩作に打ち込んでいたことによるであろう。

有馬が詩集『ひなた』を刊行したのは、一九三二年。伊波はその「跋文」でも有馬が『爬龍船』およびその前身の『詩と版画』を編集していたことについて触れていたが、『詩と版画』は「見てゐない」と書いていた。

有馬が編集していたという『詩と版画』そして『爬龍船』が、いつ創刊され、いつまで続いたのか明らかではない。一九三一年には、『詩と版画』はすでになく、『爬龍船』も、「解体」していたのではないかといったことが薄々わかるだけである。

有馬潤が編集兼発行人となり、琉球・闘魚詩人協会版、詩誌『闘魚』第一集を刊行したのは一九三三年五月。有馬は、その「編集後記」で「詩誌『闘魚』を作ることにした。爬龍船解体後この方沖縄では 殆ど沈黙してきた。沈黙は必ずしも不勉強だとは云へない。ただ発表を控へただけであつて全然詩作から遠ざかつてゐた訳ではない。この『闘魚』によってぼくはまた立ち上らうと思ふ」と書いていた。

これまで『詩と版画』や『爬龍船』といった詩誌が昭和の初期出ていたということは知られていた。しかし、『闘魚』については、ほとんど知られてなかったのではないだろうか。少なくとも、私は、そのような同人雑誌が、出ていたということを、近年まで知らなかった。

現在、見ることのできる『闘魚』は、一九三三年十一月に刊行された「第四冊」までであり、その後については不明。新発見資料として、いずれ詳しい紹介がなされるであろうが、『闘魚』が出て来たことで、昭和初期の詩壇状況はおおかた明らかになったということができる。それだけではない。たぶん『闘魚』に詩作を発表していた詩人たち、そしてそこで紹介された詩人たちが、昭和初期の詩壇だけでなく、昭和戦前期の沖縄詩壇を華やかにしたにちがいないのである。それだけに、『闘魚』が発掘された意義は大きい。

これから、さらに色々な雑誌が見出されてくるに違いない。情報が集積されることで、沖縄の文学史もまた書き換えられていくことになるであろう。

新しい沖縄の文学史が生まれてくる手助けになるかどうかわからないが、先行世代の責任を果たしておく必要はあるだろうと思って、これまで書いてきた文学史に関するいくつかを、重複もいとわず、あえて一冊にしてみた。初出は以下の通りである。

1 「沖縄・大正文学史粗描―新たに見つかった新聞を通して―」『琉球アジア文化論集』第三号 二〇一七年三月。
2 「沖縄現代小説史 敗戦後から復帰まで」『沖縄文学全集 第7巻 小説Ⅱ』国書刊行会 一九九〇年七月九日。
3 「戦後・八重山「文芸復興」期の動向」文部省科学研究費助成(一九九四年~九七年)調査報告、初出誌不明。
(コラム)「日本語文学の周縁から―沖縄文学・一九九九年~二〇〇三年」『うるまネシア 第19号 特集沖縄戦70年 戦後なき琉球』Ryukyu企画(琉球館) 二〇一五年一月一日。
4 「沖縄近代詩史概説 明治・大正・昭和戦前期」『沖縄文学全集 第1巻 詩Ⅰ』国書刊行会 一九九一年六月六日。
5 「一九三〇年前後の沖縄詩壇」『沖縄を考える 大田昌秀教授退官記念論文集』アドバイザー 一九九〇年十月一日。
(コラム)「沖縄の近代現代の歌」『短歌往来 特集歌の力 沖縄の声』ながらみ書房 平成二十五

年七月十五日。

沖縄文学史研究に道筋をつけたのは岡本恵徳である。岡本の沖縄文学史に何か付け加えることのできたのがあるとすれば、新しい資料が、見つかったことでの補足ということになる。それもあったのかどうかこころもとないが、いずれにせよ、沖縄文学史を知りたいと思うのであれば、まずは、岡本の書から入って欲しいと思う。そこには、沖縄文学全般に関する知見とともに、それぞれが何をなすべきかを啓発してくれるものがあるからである。

ここに納めたのは、岡本から学び、啓発されたことを踏まえて書いてきたものである。岡本の享年を越えて、岡本の学恩の深さを思う日々である。

二〇一七年九月

仲程　昌徳

著者略歴
仲程　昌徳（なかほど・まさのり）

1943 年 8 月　南洋テニアン島カロリナスに生まれる。
1967 年 3 月　琉球大学文理学部国語国文学科卒業。
1974 年 3 月　法政大学大学院人文科学研究科日本文学専攻修士課程修了。
1973 年 11 月　琉球大学法文学部文学科助手として採用され、以後 2009 年 3 月、定年で退職するまで同大学で勤める。
主要著書
『山之口貘―詩とその軌跡』（1975 年　法政大学出版局）、『沖縄の戦記』（1982 年　朝日新聞社）、『沖縄近代詩史研究』（1986 年　新泉社）、『沖縄文学論の方法―「ヤマト世」と「アメリカ世」のもとで』（1987 年　新泉社）、『伊波月城―琉球の文芸復興を夢みた熱情家』（1988 年　リブロポート）、『沖縄の文学―1927 年～ 1945 年』（1991 年　沖縄タイムス社）、『新青年たちの文学』（1994 年　ニライ社）、『アメリカのある風景―沖縄文学の一領域』（2008 年　ニライ社）、『小説の中の沖縄―本土誌で描かれた「沖縄」をめぐる物語』（2009 年　沖縄タイムス社）。『沖縄文学の諸相　戦後文学・方言詩・戯曲・琉歌・短歌』（2010 年）、『沖縄系ハワイ移民たちの表現』（2012 年）、『「南洋紀行」の中の沖縄人たち』（2013 年）、『宮城聡―『改造』記者から作家へ』（2014 年）、『雑誌とその時代』（2015 年）、『沖縄の投稿者たち』（2016 年）、『もう一つの沖縄文学』（2017 年）以上ボーダーインク。

沖縄文学史粗描
―近代・現代の作品をめぐって―

2018 年 2 月 10 日　初版第一刷発行
著　者　仲程　昌徳
発行者　池宮　紀子
発行所　ボーダーインク
〒 902-0076　沖縄県那覇市与儀 226-3
電話 098(835)2777　fax 098(835)2840
http://www.borderink.com
印刷所　でいご印刷

ISBN978-4-89982-333-9